學．說．

普通話 2

◎梁道潔主編

◎萬里機構・萬里書店出版

學說普通話(2)

主編
梁道潔

編寫
李啟文　　彭康　　鄭文瀾　　梁道潔

校閱
孫雍長

策劃
劉烜偉

編輯
楊青柳　　劉毅

出版者
萬里機構・萬里書店
香港鰂魚涌英皇道1065號東達中心1305室
電話：2564 7511　　傳真：2565 5539
網址：http://www.wanlibk.com

發行者
香港聯合書刊物流有限公司
香港新界大埔汀麗路36號中華商務印刷大廈3字樓
電話：2150 2100　　傳真：2407 3062
電郵：info@suplogistics.com.hk

承印者
美雅印刷製本有限公司

出版日期
二〇〇八年七月第一次印刷(平裝)

出版説明 ▶ ▶ ▶ ■

"萬里有聲叢書"是學習語言的輔導讀物，自六十年代迄今，已出版了數十種讀本，語種包括英語、日語、法語、德語、葡語、韓語、泰語以及中國的廣州話和普通話等。發聲媒體亦由軟膠唱片演變成錄音帶再演變成今天的CD碟。規模較大的有《英語通》(全套7冊) 和《日語通》(全套4冊)，其餘大部分為單行讀本，種類較多，內容深淺各異，適合不同的讀者。有聲叢書中有部分讀本的錄音帶和CD碟還配有粵語或普通話，學習起來更見方便。

"萬里有聲叢書"由專家把關，各書編寫認真，注重學習實效，課文內容豐富，與日常生活息息相關。示讀發音清晰、標準。讀者可根據自己的水平和需要選購，按書多讀、多聽、多練、多比較，便可切實提高所學語言的實際應用能力。

萬里機構編輯部

前言

1996年以來我們一直負責為廣東電視台《學講普通話》節目供稿，在高校又從事語言教學多年，希望這些小小的積累能幫助我們把書寫好。

書的內容按衣、食、住、行、工作、學習等不同生活領域編排，並參照國家語委審定的《普通話水平測試大綱》的要求，編寫了測試練習。按照循序漸進的原則，我們將普通話語音、詞彙、語法規律等常識內容安排在各情景課文當中。編寫體例，介乎"會話手冊"和"課本"之間，以適應三方面的讀者需要：1. 想學一點普通話方便工作和生活；2. 學好普通話，以後準備通過國家普通話水平測試；3. 作為普通話學習班教材。

這套書共分四冊，課文二百多篇，每篇課文包括四部分：情景對話、詞語、知識要點、練習。情景的設置主要是幫助讀者體會一些多義詞、同義詞及各種句型的運用，讓讀者能在語境中學習語言。情景對話中出現的詞語一般圍繞一個中心；知識要點主要是指出規律，幫助讀者舉一反三；練習是配合知識要點設計的，希望通過精簡的訓練起到鞏固知識的作用。課文的普通話註音，依據《漢語拼音方案》，詞語的拼寫，以《現代漢語詞典》和《漢語拼音正詞法基本規則》為依據。

本書的編寫，我們有幾個基本的想法，希望做到：1. 實用性與知識性相結合。情景對話是以實用為原則而編寫的，知識要點和每冊書的專題部分，是突出規律和帶有小結性的。2. 普及與提高相結合，本書考慮到不同讀者的需要，大部分內容是跟現實生活、工作、學習緊密結合的，但又盡量向《普通話水平測試大綱》的要求靠攏，並設置了測試練習，練習的內容大多是突出規律性的，可幫助讀者系統地鞏固普通話知識，測試自己的普通話水平，同時也為在特定崗位工作的人，如教師、播音員、演員等，以後接受國家普通話水平測試打下一定的基礎。3. 學習語言與了解社會相結合。課文內容涉及了社會生活的方方面面，香港讀者在學習語言的同時，還可以了解到在內地辦各種事情的大致手續以及內地的民情習俗等。

這套書是集體完成的。梁道潔負責全書的集體設計和統改、定稿。李啟文、彭康、鄭文瀾負責全書二百四十篇課文的撰寫。各冊書後面的專題部分，即"普通話語音概說""普通話水平測試練習""普通話與粵語的比較"，則由梁道潔撰寫。本書特請廣州師院語言研究所所長孫雍長教授校閱。

本書的編寫，得到廣州師範學院的大力支持，在此謹表謝忱。

目錄

金　融

交 通

第一課　買票退票

1. 情景對話

購票者：
Qǐngwèn hái yǒu méiyǒu jīntiān dào Běijīng qù de
請問，還有沒有今天到北京去的
jī piào
機票？

售票員：
Duìbuqǐ jīntiān qù Běijīng de piào mài wán le
對不起，今天去北京的票賣完了，
míngtiān de hái yǒu
明天的還有。

購票者：
Mǎi liǎng zhāng míngtiān qù Běijīng de piào yào zuì
買兩張明天去北京的票，要最
zǎo de hángbān
早的航班。

售票員：
Zuì zǎo de hángbān shì shàngwǔ jiǔ diǎn de zài
最早的航班是上午9點的，再
zǎo de méiyǒu piào le
早的沒有票了。

購票者：
Nà jiù mǎi jiǔ diǎn de ba Lìngwài yào tuì zhè
那就買9點的吧。另外要退這
liǎng zhāng qù Hǎikǒu de piào
兩張去海口的票。

售票員：
Tuì piào yào jiāo bǎi fēn zhī èrshí de shǒuxùfèi
退票要交百分之二十的手續費，

1

<pre>
qǐng   dào   shí   hào   chuāngkǒu   bàn lǐ   tuì   piào
請   到   十   號   窗口   辦理   退   票。
</pre>

2. 詞語

買票 mǎi piào   買票，買飛

還要 háiyào   重要

退票 tuì piào   退票

窗口 chuāngkǒu   窗，窗口

今天 jīntiān   今日

辦理 bànlǐ   辦理

明天 míngtiān   聽日

手續費 shǒuxùfèi   手續費

3. 知識要點

(1) 普通話"票"和粵語"飛"

　　"票"在粵語中有"票"和"飛"兩種説法，"飛"是吸收了外來語的粵方言詞，講普通話的時候不能説"飛"，只能講"票"。如"買飛"、"撲飛"，普通話是"買票"、"找票"。

(2) 普通話"昨天"、"明天"和粵語"琴日"、"聽日"

　　今、明、昨天的"天"粵語常説"日"，普通話常説"天"。"琴日"、"聽日"是表示時間的粵方言詞，不能用在普通話裏，普通話只能講"昨天"、"明天"。

4. 練習

把下面的句子説成普通話。

①我琴日撲咗成日，都揾唔到一張聽日嗰場波嘅飛。

②今日人地送咗兩張飛畀我，係聽晚音樂會嘅票。

5. 參考答案

<pre>
    Wǒ zuótiān pǎo le yī tiān dōu zhǎo bù dào yī zhāng
① 我   昨天   跑   了 一 天， 都   找   不 到 一 張
    míngtiān nà chǎng qiú de piào
    明天   那 場   球   的 票。
</pre>

② Jīntiān biérén sòng le liǎng zhāng piào gěi wǒ shì míngtiān
今天　別人　送　了　兩　張　票　給　我，是　明天
wǎnshang yīnyuèhuì de piào
晚　上　音樂會　的　票。

第二課　乘飛機

1. 情景對話

小李：小王，我是第一次乘飛機，不知道
　　　怎麼辦手續呢？
Xiǎo Wáng wǒ shì dì-yī cì chéng fēi jī bù zhīdào
zěnme bàn shǒuxù ne?

小王：先換登機牌。你乘坐的11點
　　　起飛到上海的5233航班在3
　　　號枱辦理登機牌。
Xiān huàn dēng jī pái Nǐ chéng zuò de shíyī diǎn
qǐ fēi dào Shànghǎi de wǔ-èr-sān-sān hángbān zài sān
hào tái bàn lǐ dēng jī pái

小李：登機牌換好了，機場建設費也交
　　　了，可以進候機室了吧？
Dēng jī pái huàn hǎo le jī chǎng jiànshè fèi yě jiāo
le kě yǐ jìn hòu jī shì le ba

小王：可以進去了。你把機票，登機牌，身份證
　　　拿好，還要經過安全檢查才能上
　　　飛機。
Kě yǐ jìnqu le Nǐ bǎ jī piào dēng jī pái shēnfènzhèng
ná hǎo háiyào jīngguò ānquán jiǎnchá cái néng shàng
fēi jī

小李：那我進去了，謝謝你，小王。
Nà wǒ jìnqù le xièxie nǐ xiǎoWáng

小王：不用謝。飛機起飛和降落的時候要
　　　繫好安全帶。
Bù yòng xiè Fēi jī qǐ fēi hé jiàngluò de shíhòu yào
jì hǎo ānquándài

2. 詞語

乘飛機 chéng fēijī	搭（坐）飛機
航班 hángbān	航班
登機牌 dēngjīpái	**登機證**
降落 jiàngluò	降落
身份證 shēnfènzhèng	身份證
起飛 qǐfēi	起飛
候機室 hòujīshì	候機室
機場 jīchǎng	機場
繫安全帶 jì ānquándài	綁安全帶
檢查 jiǎnchá	檢查

3. 知識要點

表時間的副詞"先"在普通話和粵語中的不同位置和用法

（1）粵語表示先做什麼的時間副詞"先"是放在動詞後面的，普通話是放在動詞前面，例如"我行先"，"你食飯先"，普通話說"我先走"，"你先吃飯"。

（2）粵語"先"還有"才"、"再"的意思，也說"先至"，這個"先"是方言詞，在普通話裏不能使用，要說"才"或"再"。如"做完先至返去"，"聽日先出差"，普通話是"做完再回去"，"明天才出差"。

4. 練習

把下面的粵語說成普通話。

①我去訂票先，返嚟先至陪你出街。

②電影要 12 點鐘先開場，而加去食飯先。

5. 參考答案

Wǒ xiān qù dìng piào huílái zài péi nǐ shàng jiē
① 我 先 去 訂 票，回來 再 陪 你 上 街。

Diànyǐng yào shí'èr diǎn cái fàngyìng xiànzài xiān qù chīfàn
② 電 影 要 12 點 才 放映，現在 先 去 吃飯。

第三課　坐火車

1. 情景對話

乘客甲：　Qǐngwèn nǐmen jǐ wèi dào nǎr xià chē
　　　　　請 問， 你們 幾 位 到 哪兒 下 車？

乘客乙：　Wǒmen dào Běijīng Nǐ ne
　　　　　我們 到 北京。 你 呢？

乘客甲：　Wǒ yě shì qù Běijīng Wǒmen yī qǐ sān gè rén zhǐ
　　　　　我 也 是 去 北京。 我們 一起 三 個 人 只

　　　　　mǎi dào yī zhāng wòpù piào lìngwài liǎng gè yào
　　　　　買 到 一 張 臥鋪 票， 另外 兩 個 要

　　　　　zuò yìngzuò
　　　　　坐 硬座。

乘客乙：　Dào Běijīng yào sānshí gè xiǎoshí méiyǒu wòpù shì
　　　　　到 北京 要 30 個 小時， 沒有 臥鋪 是

　　　　　xīnkǔ le diǎnr Ruǎnwò chēxiāng kěnéng háiyǒu piào
　　　　　辛苦 了 點。 軟臥 車廂 可能 還有 票。

乘客甲：　Wǒ wènguò chéngwùyuán ruǎnwò yě mǎnyuán le Zhè
　　　　　我 問過 乘務員， 軟臥 也 滿員 了。這

　　　　　tàng chē yǐjīng chāoyuán le
　　　　　趟 車 已經 超員 了。

乘客乙：　Xiànzài chūmén zuò huǒchē de rén duō wòpù piào
　　　　　現在 出門 坐 火車 的 人 多，臥鋪 票

　　　　　shì hěn jǐnzhāng de
　　　　　是 很 緊張 的。

2. 詞語

火車 huǒchē　　　　　　　　　　　火車

軟（硬）座 ruǎn（yìng）zuò　　　軟（硬）座

卧鋪 wòpù	卧鋪
乘務員 chéngwùyuán	乘務員
車廂 chēxiāng	車廂
滿（超）員 mǎn（chāo）yuán	滿（超）額
這趟車 zhè tàng chē	呢班車
鐵路運輸 tiělù yùnshū	鐵路運輸

3．知識要點

(1)"乘"、"坐"、"搭"在普通話和粵語中的用法

乘坐交通工具的動詞，粵語最常用的是"搭"和"坐"，"乘"用得比較少。普通話最常用的是"坐"和"乘"，"搭"使用得少一些。

(2) 捲舌音（舌尖後音）zh，ch，sh，r

由於粵語沒有捲舌音，使用粵語的人説普通話的時候經常分不清舌尖後音（即捲舌音）zh、ch、sh、r 和舌尖前音 z、c、s。本課情景中有不少字的聲母是捲舌音，如：只（zhǐ）、張（zhāng）、車（chē）、乘（chéng）、輸（shū）、出（chū）、時（shí）、超（chāo）、是（shì）、軟（ruǎn）等。發舌尖後音時要把舌尖翹起來抵住或接近硬腭前部，構成阻礙。

4．練習

讀下面的詞，注意分辨 zh、ch、sh 和 z、c、s。

囑咐 zhǔfù ——祖父 zǔfù

種子 zhǒngzi ——總之 zǒngzhī

出現 chūxiàn ——粗線 cūxiàn

炒菜 chǎocài ——草率 cǎoshuài

詩人 shīrén ——私人 sīrén

商業 shāngyè ——桑葉 sāngyè

四十四 sìshísì ——出租車 chūzūchē

自治洲 zìzhìzhōu ——增值税 zēngzhíshuì

第四課　坐公共汽車

1. 情景對話

孫 子：爺爺，汽車 來 了，上 車 吧。在 前 門
Yéye qìchē lái le shàng chē ba Zài qián mén
上，後 門 是 下 車 的。
shàng hòu mén shì xià chē de

爺 爺：上 了 車 我 買 票，我 有 零錢。
Shàng le chē wǒ mǎi piào wǒ yǒu língqián

孫 子：廣州 的 公共 汽車 都是 無 人 售
Guǎngzhōu de gōnggòng qìchē dōushì wú rén shòu
票 的，上 車 自動 投 幣。
piào de shàng chē zìdòng tóu bì

爺 爺：噢，無 人 售 票，那 以後 坐 公共 汽車
Ō wú rén shòu piào nà yǐhòu zuò gōnggòng qìchē
都要 準備 好 零錢 才 行。
dòuyào zhǔnbèi hǎo língqián cái xíng

孫 子：爺爺，這個 阿姨 給 您 讓座。
Yéye zhège āyí gěi nín ràngzuò

爺 爺：謝謝，我 們 很 快 就 下 車，不 用 坐
Xièxie wǒmen hěn kuài jiù xià chē bù yòng zuò
了。
le

2. 詞語

公共汽車 gōnggòng qìchē　　　　巴士
上車 shàng chē　　　　　　　　上車
無人售票 wú rén shòu piào　　　冇人賣票
下車 xià chē　　　　　　　　　落車

自動投幣 zìdòng tóu bì　　　　自動投幣

零錢 língqián　　　　　　　　散紙

前（後）門 qián（hòu）mén　　前（後）門

讓座 ràngzuò　　　　　　　　讓位

3. 知識要點

(1) 普通話"下"和粵語"落"

表示由高到低的動作，粵語説"落"，如"落雨"、"落樓"、"落車"。這個"落"在普通話裏應該説"下"，"下雨"、"下樓"、"下車"。

(2) 普通話"上下"的讀音和韻母 ia

由於粵語沒有 ia 這個韻母，使用粵語的人説普通話的時候經常把 ia 發成 a，丟失韻頭 i，如把"下"（xià），讀成 sà，以至"上"（shàng）"下"（xià）不分。ia 發音時，前頭的 i 輕短，後頭的 a 清晰響亮。

4. 練習

把下面的粵語説成普通話。

①今日要加班，落班返屋企會晏一啲。

②企喺上邊容易跌落去㗎，快啲坐落嚟啦。

5. 參考答案

　　Jīntiān　yào　jiābān　xiàbān　huíjiā　huì　wǎn　yī diǎn r
①　今天　要　加班，下班　回家　會　晚　一 點兒。

　　Zhàn　zài　shàngmian　hěn　róng yì　diào　xiàqu　kuài　zuò　xiàlai
②　站　在　上面　很　容易　掉　下去，快　坐　下來。

第五課　搭出租車

1. 情景對話

乘　客：（揚手）出租車，……去火車站。
Chū zū chē qù huǒchēzhàn

司　機：到哪個火車站，東站還是北站？
Dào nǎge huǒchēzhàn dōngzhàn háishì běizhàn

乘　客：去北站。司機，開快點兒，我要趕火車。
Qù běizhàn Sī jī kāi kuàidiǎnr wǒ yào gǎn huǒchē

司　機：環市路堵車，從東風路繞過去好
Huánshì lù dǔ chē cóng dōngfēng lù rào guòqu hǎo
不好？
bu hǎo

乘　客：哪裏快就走哪裏吧。
Nǎ lǐ kuài jiù zǒu nǎ lǐ ba

司　機：走東風路遠一點，但不堵車，可以
Zǒu dōngfēng lù yuǎn yī diǎn dàn bù dǔ chē kě yǐ
開快些。
kāi kuài xie

2. 詞語

搭出租車 dā chūzūchē	打的，搭的士
堵車 dǔ chē	塞車
是…還是 shì…háishì	係…定係
哪個 nǎge	邊個
繞道 rào dào	兜路，屈路
哪裏 nǎlǐ	邊度
司機 sījī	司機

走 zǒu　　　　　　　行

3. 知識要點

(1) 普通話"走"和粵語"行"

　　粵語"行路"的"行"是普通話"走"的意思，講普通話時要説"走"，"走路"。粵語的"走"相當於普通話的"跑"，如"你米走咁快啦"，普通話是"你別跑那麼快"。

(2) 普通話"出租車"、"公共汽車"和粵語"的士"、"巴士"

　　較多吸收外來詞是粵方言的特點之一，"的士"是英語 taxi 的音譯，即出租車，"打的"普通話是"坐（搭）出租車"，現在普通話也經常説"打的"，《現代漢語詞典》（修訂本）已收有"打的"這個詞。"巴士"也是英語 bus 的音譯，普通話是公共汽車，現在普通話也有用"巴士"這個詞。

4. 練習

　　把下面的粵語説成普通話。

①你係搭的士去定係搭巴士去？

②去機場行邊條路近啲呀？

5. 參考答案

① Nǐ shì zuò chū zū chē qù háishì zuò gōnggòng qì chē qù?
　 你 是 坐 出租車 去 還是 坐 公共 汽車 去?

② Qù jī chǎng zǒu nǎ tiáo lù jìn xie
　 去 機場 走 哪 條 路 近 些?

11

第六課 坐 船

1. 情景對話

乘客甲：
Qǐngwèn sān děng cāng zài nǎ lǐ
請 問 三 等 艙 在 哪裏？

乘客乙：
Cóng zhè ge lóu tī shàngqu Lǎo bó jiù nín yī ge rén
從 這個 樓梯 上去。老 伯，就 您 一個 人
lái zuò chuán ma
來 坐 船 嗎？

乘客甲：
Jiù wǒ yī ge rén chuán dào le yǐ hòu ér zi zài
就 我 一個 人，船 到 了 以後 兒子 在
mǎtóu jiē wǒ Wǒ qí tā dōu bù dānxīn jiù pà yūn
碼頭 接 我。我 其他 都 不 擔心，就 怕 暈
chuán
船。

乘客乙：
Méiyǒu fēnglàng shì bùhuì yūn chuán de Nín yàoshì
沒有 風浪 是 不會 暈 船 的。您 要是
juéde bù shū fu jiù tǎng zài pùwèi shàng
覺得 不 舒服 就 躺 在 鋪位 上。

乘客甲：
Xiànzài chuán kāi le méiyǒu
現在 船 開 了 沒有？

乘客乙：
Yǐjīng kāi chuán le Lǎo bó yǒu shì nín jiào wǒ
已經 開 船 了。老 伯，有 事 您 叫 我，
chū mén zài wài yào hùxiāng zhàoyìng
出 門 在 外 要 互相 照應。

2. 詞語

船艙 chuáncāng　　　　　　　船艙

碼頭 mǎtóu　　　　　　　　　碼頭，·埠頭

風浪 fēnglàng	風浪
暈船 yūn chuán	暈船，暈浪
鋪位 pùwèi	鋪位
互相照應 hùxiāng zhàoyìng	互相關照
擔心 dānxīn	怕，驚
（船）到達（chuán）dàodá	（船）到埠

3. 知識要點
"驚"在粵語和普通話裏的用法

　　表示心情害怕緊張擔心，粵語最常用的是"驚"，它的使用範圍很廣並經常單獨使用。普通話比較少單獨使用"驚"，一般説"驚慌"、"驚恐"等。粵語"驚"在詞義方面比普通話義項要多，而且和普通話的義項不完全對應。"驚"在粵語中詞義重一點是"驚慌"、"恐懼"、"慌亂"等意思，詞義輕一點是"擔心"、"緊張"、"害怕"、"顧慮"等意思。例如粵語説"唔驚"，"失驚無神"，"驚佢遲到"，"㗎驚做乜呀?"普通話説"不怕"，"突然"，"擔心他遲到"，"這麼緊張幹什麼?"。

4. 練習
　　把下面的粵語説成普通話。
　　①你一個人搭火車出門驚唔驚啊? 唔驚。
　　②睇呢啲武俠片睇到心驚驚。

5. 參考答案

	Nǐ	yī ge	rén	zuò	huǒchē	chū	mén	pà	bu	pà	Bù	pà
①	你	一個	人	坐	火車	出	門	怕	不	怕?	不	怕。

	Kàn	zhèxiē	wǔxiá	piàn	kàndao	xīnjīngdǎnzhàn	
②	看	這些	武俠	片	看到	心驚膽戰	。

第七課　騎自行車

1. 情景對話

小 紅：Xiǎo huá dào jiùjiu jiā yǒu shí duō gōng lǐ lù kàn
小 華，到 舅舅 家 有 十 多 公 里 路，看
kàn yǒu méiyǒu biàn chē kě yǐ dā
看 有 沒 有 便 車 可 以 搭?

小 華：Qí zì xíng chē qù ba shí duō gōng lǐ qí gè bǎ
騎 自 行 車 去 吧，十 多 公 里 騎 個 把
xiǎoshí jiù dào le
小 時 就 到 了。

小 紅：Wǒ de zì xíng chē huài le méi chē kě qí
我 的 自 行 車 壞 了，沒 車 可 騎。

小 華：Wǒ jiè liàng shān dì chē gěi nǐ wǒ qí biànsùchē
我 借 輛 山 地 車 給 你，我 騎 變 速 車。

小 紅：Nǐ píngshí jīngcháng qí zì xíng chē ma
你 平 時 經 常 騎 自 行 車 嗎?

小 華：Wǒ píngshí dōushì qí zì xíng chē shàngbān qí zì xíng chē
我 平 時 都 是 騎 自 行 車 上 班，騎 自 行 車
yòu bù pà sāi chē yòu néng duànliàn shēn tǐ
又 不 怕 塞 車 又 能 鍛 煉 身 體。

2. 詞語

騎自行車 qí zìxíngchē	踩單車
變速車 biànsùchē	變速車
搭便車 dā biàn chē	搭順風車
山地車 shāndìchē	山地車
一輛車 yī liàng chē	一架車

14

個把小時 gè bǎ xiǎoshí　　　　個零鐘頭

3．知識要點

(1) 普通話和粵語表示約數的不同説法

粵語中表示約數的詞有"幾"、"零"，"零"是方言詞，不能用在普通話裏。普通話表示約數的有"幾"、"多"、"來"、"把"等。粵語"幾"和普通話"幾"用法相同，如粵語"三幾斤"，"十幾條魚"，普通話説"三幾斤"，"十多條魚"。粵語的"零"常帶有覺得"少"的感情色彩，如"十零人"、"斤零重"，普通話一般用"來"、"把"表示，如"十來人"、"斤把重"。

(2) 普通話和粵語表示交通工具的量詞

表示車的量詞，粵語説"架"，普通話説"輛"。如"一架汽車"，普通話是"一輛汽車"。表示飛機的量詞粵語和普通話都是"架"。表示船的量詞，粵語説"條"、"隻"，普通話説"條"、"隻"、"艘"(指大的船)。

4．練習

把下面的粵語説成普通話。

①嗰度冇汽車去㗎，你行十零分鐘就到喇。

②佢畫咗一架飛機，三架車，重有兩隻船。

5．參考答案

　　Nà lǐ　méiyǒu　qì chē　qù　nǐ　zǒu　shí　lái　fēn　zhōng　jiù　dào
① 那裏　没有　汽車　去，你　走　十　來　分　鐘　就　到
　　le
　 了。

　　Tā　huà　le　yī　jià　fēi jī　sān　liàng　qì chē　háiyǒu　liǎng　tiáo
② 他　畫　了　一　架　飛機，三　輛　汽車，還有　兩　條
　　chuán
　 船 。

15

第八課　修摩托車

1. 情景對話

車　主：師傅，我 的 摩托車 輪胎 破 了 一 個 孔，
Shī fu wǒ de mótuōchē lúntāi pò le yī ge kǒng

請 幫 忙 補 一 補。
qǐng bāngmáng bǔ yi bǔ

師　傅：你 的 車 還 有 沒有 其他 問題?
Nǐ de chē hái yǒu méiyǒu qí tā wèn tí

車　主：刹車 好像 有 點 不 大 靈，你 看看 是
Shāchē hǎoxiàng yǒu diǎnr bù dà líng nǐ kànkan shì

怎麼 回 事。其他 的 你 也 幫 忙 檢查 一
zěnme huí shìr Qí tā de nǐ yě bāngmáng jiǎnchá yī

下 吧。
xià ba

師　傅：我 這裏 還有 兩 輛 自行車 要 補 輪胎，
Wǒ zhè lǐ háiyǒu liǎng liàng zì xíngchē yào bǔ lúntāi

你 的 車 要 等 一會兒 才 能 修。
nǐ de chē yào děng yī huìr cái néng xiū

車　主：沒 關係，大概 要 等 多 長 時間?
Méi guān xi dàgài yào děng duō cháng shíjiān

師　傅：半 個 小時 左右 吧，你 有 事兒 就 先 去
Bàn ge xiǎoshí zuǒyòu ba nǐ yǒu shìr jiù xiān qù

辦，回頭 來 取 車。
bàn huítóu lái qǔ chē

2. 詞語

摩托車 mótuōchē　　　　　摩托車，電單車

輪胎破了 lúntāi pò le　　　爆胎

16

刹車 shāchē	刹掣，車掣
補輪胎 bǔ lúntāi	補胎
修車 xiū chē	修車，整車
多長時間 duō cháng shíjiān	幾耐時間
幫忙 bāngmáng	幫忙，幫手
回頭 huítóu	返轉頭

3．知識要點

普通話的兒化音

　　"兒化"是普通話的一種特殊的音變現象，是後綴"兒"與前一音節的韻母結合成一個音節，使這個韻母帶上捲舌音色，如"一會兒"，唸到"會"的末尾 ui 的時候隨即加上一個捲舌動作，使韻母 ui 帶上一個捲舌音 r 的音色。這一課的情景就有好幾個兒化詞，如"有點"、"有事"、"一會兒"等。"兒化"的作用：（1）區別詞義。有的詞兒化後具有比喻義，如"頭"指腦袋，"頭兒"指帶頭的人。（2）區分詞性。兼有名、動兩類的詞或形容詞兒化後固定爲名詞，如"蓋"（名、動詞），"蓋兒"（名詞）。有的名詞、動詞兒化後借用爲量詞，如"圈"，"畫個圈"（名詞），"圈起來"（動詞），"一圈兒"（量詞）。（3）表示細小、親切或喜愛的感情色彩。如"小鳥兒"、"小孩兒"。

4．練習

　　讀下面的兒化詞，注意兒化韻的發音。（在書面語裏"兒"字常常不寫出來）

小車 xiǎochēr	小鳥 xiǎoniǎor
有趣 yǒuqùr	一點兒 yīdiǎnr
圓圈 yuánquānr	瓜子兒 guāzir
菜汁 càizhīr	小船兒 xiǎochuánr
玩意兒 wányìr	手絹兒 shǒujuànr
沒事兒 méishìr	一塊兒 yīkuàir
發火 fāhuǒr	這兒 zhèr
那兒 nàr	哪兒 nǎr

第九課　託運行李

1. 情景對話

顧　客：
Qǐngwèn tuōyùn xíng lǐ zěnme bàn shǒuxù
請問，託運　行李　怎麼　辦　手續?

服務員：
Nǐ xiān tián yī zhāng xíng lǐ tuōyùndān shōuhuòrén
你　先　填　一　張　行李　託運單，收貨人
xìngmíng dì zhǐ yī dìng yào xiě qīngchǔ
姓名　地址　一定　要　寫　清楚。

顧　客：
Tuōyùndān tián hǎo le yī gòng shì sān jiàn xíng lǐ
託運單　填　好　了，一共　是　三　件　行李。

服務員：
Xíng lǐ lǐ mian yǒu shénme Yì rán yì bào děng wéi
行李　裏面　有　什麼? 易　燃　易　爆　等　違
jìn wùpǐn bù néng tuōyùn
禁　物品　不　能　託運。

顧　客：
Quán shì shàngxué yòng de yī fú bèi zi hé shūběn
全　是　上學　用　的　衣服，被子　和　書本，
méiyǒu qí tā dōng xi
沒有　其他　東西。

服務員：
Xíng lǐ àn yāoqiú kǔnbǎng hǎo ránhòu dào nàbiān qù
行李　按　要求　綑綁　好，然後　到　那邊　去
chēng zhòngliàng hé jiāo qián
稱　重量　和　交　錢。

2. 詞語

行李 xínglǐ　　　　　　　　行李
託運單 tuōyùndān　　　　　託運單
綑綁 kǔnbǎng　　　　　　　綁，紮
（發）收貨人（fā）shōuhuòrén　（發）收貨人

違禁品 wéijìnpǐn 　　　　　違禁品
易燃易爆 yì rán yì bào 　　　　易燃易爆
稱重量 chēng zhòngliàng 　　　磅重

3. 知識要點

(1) 普通話"這裏","那裏","哪裏"和粵語"呢度","嗰度","邊度"

　　"呢度"、"嗰度"是粵方言的指示代詞,在普通話裏不能使用這些方言詞,普通話應該說"這裏"(近指)、"那裏"(遠指)。粵方言的疑問代詞"邊度"普通話是"哪裏"。粵方言區的人說普通話的時候經常分不清"那"和"哪"的讀音,指示比較遠的人或事物說"那(nà)",表示疑問的說"哪(nǎ)"。例如,"嗰個人去邊度啊?"普通話是"那個人去哪裏?"

(2) 普通話和粵語特指問句的疑問代詞和語氣詞

　　特指問句的疑問代詞,粵語是"邊個"、"乜嘢"、"點樣"等,普通話是"誰"、"什麼"、"怎樣"等。語氣詞,粵語用"呀"、"㗎",普通話常用"呢"。例如:"邊個叫你嚟㗎?""裏面有乜嘢?""點樣辦手續呀?"普通話說"誰叫你來的?""裏面有什麼?""怎麼辦手續呢?"

4. 練習

　　把下面的粵語說成普通話。
　　①請問去火車站點行呀?呢度有冇車去㗎?
　　②你係幾時喺邊度唔見咗密碼箱㗎?

5. 參考答案

　　　Qǐngwèn　dào　huǒchēzhàn　zěnme　zǒu　Zhè lǐ　yǒu　chē　qù　ma
　①　請問　　到　　火車站　　　怎麼　走?　這裏　有　　車　去　　嗎?

　　　Nǐ　shì　shénme　shíhòu　zài　nǎ lǐ　yí shī　mìmǎxiāng　de　ne
　②　你　是　什麼　　時候　　在　哪裏　遺失　密碼箱　　的　呢?

第十課　寄存行李

1. 情景對話

乘　客：Xiǎojiě wǒ jìcún liǎng ge xínglibāo
小 姐，我 寄存 兩 個 行李包。

服務員：Nǐ chéngzuò de shì nǎ tàng chē Qǐng ná chēpiào
你 乘坐 的 是 哪 趟 車？請 拿 車票
lái kàn yi xia
來 看 一 下。

乘　客：Shì jīnwǎn de shíliù cì tèkuài zhè shì chēpiào
是 今晚 的 16 次 特快，這 是 車票。

服務員：Bāo lǐtou yǒu méiyǒu guìzhòng dōngxi Guìzhòng wùpǐn
包 裹頭 有 沒有 貴重 東西？貴重 物品
bù jìcún
不 寄存。

乘　客：Méiyǒu guìzhòng wùpǐn Zhège bāo lǐ shì shíwù shàng
沒有 貴重 物品。這個 包 裹 是 食物，上
mian bù néng yā dōngxi
面 不 能 壓 東西。

服務員：Jìcúnfèi sān yuán zhè shì qǔ xíngli de dānzi
寄存費 3 元，這 是 取 行李 的 單子。

2. 詞語

寄存 jìcún	寄存，存
行李包 xínglibāo	行李袋，袋
貴重 guìzhòng	貴重
物品 wùpǐn	物品
單子 dānzi	單

壓東西 yā dōngxi 　　　　砸嘢

3. 知識要點

(1) 普通話的"東西"和粵語的"嘢"

　　粵語的"嘢"是方言詞,不能用在普通話裏。"嘢"常作名詞,普通話一般説"東西"。如"買嘢"、"食嘢",普通話是"買東西"、"吃東西"。

(2) 普通話的"壓"和粵語的"砸"

　　粵方言和普通話在詞彙方面的區別之一是有些詞詞義不同。比如粵語"砸"是指對物品施壓力,在普通話裏應該説"壓","唔好砸落去",普通話是"不要往下壓"。普通話的"砸"是指用重物對物體撞擊,這個意思粵語用"掟",如"畀石頭掟親",普通話是"被石頭砸傷"。

4. 練習

　　把下面的粵語説成普通話。

　　①呢個袋裏邊有鷄蛋糕,上邊唔好砸嘢啊。

　　②唔好喺樓上掟嘢落去,好容易掟親人㗎。

5. 參考答案

　　① Zhè ge　dài zi　lǐ　yǒu　dàngāo　shàngmian　bù　yào　yā　dōng xi
　　這個　袋子　裏　有　蛋糕,　上面　不　要　壓　東西。

　　② Bù　yào　cóng　lóu　shàng　wǎng　xià　rēng　dōng xi　hěn　róng yì　zá
　　不　要　從　樓　上　往　下　扔　東西,　很　容易　砸
　　　shāng　rén
　　傷　人。

第十一課　問時間

1. 情景對話

乘　客：　Qǐngwèn   cóng   Jiǔlóng   dào   Guǎngzhōu   de   huǒchē   shén
請　問，從　九龍　到　廣　州　的　火車　什

me   shíhou   dào   zhàn
麼　時候　到　站？

服務員：　Jiǔ   diǎn   shí   fēn   dào
九　點　十　分　到。

乘　客：　Xiànzài   shì   jǐ   diǎn   zhōng
現在　是　幾　點　鐘？

服務員：　Xiànzài   shì   jiǔ   diǎn   zhěng   hái   yǒu   shí   fēn   zhōng
現在　是　九　點　整，還　有　十　分　鐘。

乘　客：　Huǒchē   huì   bu   huì   wùdiǎn   ne   Wǒmen   háiyào   gǎnzhe
火車　會　不　會　誤點　呢？我們　還要　趕着

chéng   shí   diǎn   sì shíwǔ   fēn   de   fēi jī   qù   Běijīng
乘　十　點　四十五　分　的　飛機　去　北京。

服務員：　Guǎng-Jiǔ   lièchē   hěn   zhǔnshí   de   Cóng   huǒchēzhàn   dào
廣　九　列車　很　準　時　的。從　火　車　站　到

fēi jī chǎng   bàn   ge xiǎoshí   zěnme   dōu   dào   le   bǎozhèng
飛機場　半　個小時　怎麼　都　到　了，保　證

lái de ji
來得及。

2. 詞語

什麼時候 shénme shíhòu	幾時
十分鐘 shí fēn zhōng	兩個字
九點整 jiǔ diǎn zhěng	沓正九點

誤點 wùdiǎn	過鐘
半個小時 bàn ge xiǎoshí	半個鐘頭
趕着 gǎnzhe	趕住，急住
來得及 láideji	嚟得切
準時 zhǔnshí	準時

3．知識要點
普通話和粵語對時間的表達方式

　　鐘錶的時針指在整點時，粵語說"沓正"，普通話說"整"，"剛好"。如"而加沓正十點"，普通話是"現在剛好十點整"。每五分鐘的時間單位，粵語說"一個字"，"重有兩個字"，即"還有十分鐘"的意思。表示還差多少時間，粵語說"爭"，普通話說"差"，如"重爭一個字先到八點"，普通話是"還差五分鐘才到八點"。表示"一段時間"，粵語說"一排"，例如："呢排"、"嗰排"、"有排"，普通話是"這段時間"、"那段時間"、"有一段時間"。表示超過了時間，粵語說"過鐘"，普通話說"超時"、"過了時間"。"過鐘"還有誤點、遲到的意思，普通話說"誤點"、"遲到"。以上粵語表示時間的用語，不能在普通話裏直接使用。

4．練習

　　把下面的粵語說成普通話。

①而加係七點八個字，重爭一個字就夠鐘喇。

②呢排好忙啊，日日都過曬鐘先放工。

5．參考答案

　　　　Xiànzài　shì　qī diǎn　sì shí　fēn　hái　chà　wǔ　fēn　zhōng　jiù　dào
① 現在　是　七點　四十　分，還　差　五　分　鐘　就　到

　　shíjiān　le
　時間　了。

　　　　Zhè　duàn　shíjiān　hěn　máng　měitiān　dōuyào　chāo　shí　cáinéng
② 這　段　時間　很　忙，每天　都要　超　時　才能

　　xiàbān
　下班。

第十二課　問　路

1. 情景對話

小　李：　Qǐngwèn dào Xīndàxīn Gōngsī yǒu duō yuǎn？Zěnme
　　　　　請問，到　新大新　公司　有　多　遠？怎麼
　　　　　zǒu
　　　　　走？

小　張：　Bù yuǎn，yīzhí wǎng qián zǒu，dào lùkǒu cháo yòu
　　　　　不　遠，一直　往　前　走，到　路口　朝　右
　　　　　guǎiwān jiù dào le
　　　　　拐彎　就　到　了。

小　李：　Zhèr fùjìn yǒu méiyǒu yóujú hé gōngcè
　　　　　這兒　附近　有　沒有　郵局　和　公厠？

小　張：　Yóujú yào zǒu yuǎn yīdiǎnr cái yǒu，gōngcè hòumian
　　　　　郵局　要　走　遠　一點兒　才　有，公厠　後面
　　　　　de xiàngzi lǐtou jiù yǒu
　　　　　的　巷子　裏頭　就　有。

小　李：　Yóujú zài shénme dìfang
　　　　　郵局　在　什麼　地方？

小　張：　Yánzhe zhè tiáo lù zǒu，guò liǎng ge lùkǒu jiù kàn
　　　　　沿着　這　條　路　走，過　兩　個　路口　就　看
　　　　　jiàn le
　　　　　見　了。

2. 詞語

有多遠 yǒu duō yuǎn	有幾遠
怎麼走 zěnme zǒu	點行
往前走 wǎng qián zǒu	向前行
左拐彎 zuǒ guǎiwān	轉左手便

沿着 yánzhe	順住
裏（外）頭 lǐ（wài）tou	裏（外）頭
路口 lùkǒu	街口
前（後）面 qián（hòu）mian	前（後）便

3. 知識要點

(1) 普通話和粤語方位詞的差異

　　①方位詞"上便"、"裏便"、"前便"的"便"是粤音，普通話應該説"面"或"邊"。如"東便"、"後便"，普通話説"東邊"、"後面"。②粤語經常把左右方向説成"左手便"、"右手便"，普通話不説"手"只説"左邊"、"右邊"。

(2) 普通話"怎麼"和粤語"點"

　　表示詢問的疑問代詞，粤語説"點"、"點樣"，普通話説"怎麼"、"怎樣"。例如："點辦?""點樣去?"普通話説"怎麼辦?""怎樣去?"

4. 練習

把下面的粤語説成普通話。
①請問，去飛機場點行呀? 前頭嘅路口轉左手便。
②到咗前便車站再向前行，冇幾遠就到喇。

5. 參考答案

①
Qǐngwèn	dào	fēi jī chǎng	zěnme	zǒu	Qiánmian	de	lù kǒu	xiàng
請問，	到	飛機場	怎麼	走?	前面	的	路口	向

yòu	guǎi
右	拐。

②
Dào	le	qiánmian	chēzhàn	zài	wǎng	qián	zǒu	méi	duō	yuǎn
到	了	前面	車站	再	往	前	走，	没	多	遠

jiù	dào	le
就	到	了。

第十三課　交通消息

1. 情景對話

老李：今天 霧 這麼 大，不 知道 飛機 能 不 能
(Jīntiān wù zhème dà bù zhīdào fēi jī néng bu néng)
起 飛？
(qǐ fēi?)

老劉：機場 通知 說 霧 太 大，今天 的 航班
(Jī chǎng tōngzhī shuō wù tài dà jīntiān de hángbān)
取消 了。
(qǔxiāo le)

老李：看來 這 幾 天 都是 這樣 的 天氣，不如
(Kànlai zhè jǐ tiān dōushì zhèyang de tiānqì bù rú)
坐 火車 去 吧。
(zuò huǒchē qù ba)

老劉：我 問問 還 有 沒有 今天 去 武漢 的
(Wǒ wènwen hái yǒu méiyǒu jīntiān qù Wǔhàn de)
車 票。……還 有，晚上 八 點 開 車。
(chē piào Hái yǒu wǎnshang bā diǎn kāi chē)

老李：今晚 開 車，明天 下午 就 到 了。我 馬
(Jīnwǎn kāi chē míngtiān xiàwǔ jiù dào le Wǒ mǎ)
上 去 買 票。
(shang qù mǎi piào)

老劉：你 順便 買 一 張 列車 運行 時刻表，
(Nǐ shùnbiàn mǎi yī zhāng lièchē yùnxíng shíkèbiǎo)
看看 到 了 武漢 轉 哪 趟 車 最 方
(kànkan dào le Wǔhàn zhuǎn nǎ tàng chē zuì fāng)
便。
(biàn)

2．詞語

交通消息 jiāotōng xiāoxi　　交通消息

取消 qǔxiāo　　　　　　　取消

時刻表 shíkèbiǎo　　　　　時間表

馬上 mǎshàng　　　　　　即刻，馬上

列車運行 lièchē yùnxíng　　列車運行

轉車 zhuǎn chē　　　　　　轉車

3．知識要點

(1) 普通話和粵語表示一天中各段時間的不同説法

　　粵語"朝早"、"上晝"、"晏晝"、"下晝"、"挨晚"、"晚黑"（晚頭黑）等都是方言詞，不能用在普通話裏，這些表示時間的詞普通話是"早上"、"上午"、"下午"、"傍晚"、"晚上"。粵語的"晏晝"也可以表示下午的時間，如"晏晝唔使上課"，普通話是"下午不用上課"。"晏"是粵語中保留下來的古漢語詞，單獨使用表示"晚"的意思，如"好晏喇"，普通話是"很晚了"。

(2) 粵語"嚇"在普通話裏的説法

　　粵語用在動詞後面的"嚇（一嚇）"表示做一次或試着做，在普通話裏可以説"一下"，也可以用動詞重疊的形式而不説"一下"。例如，"你同佢講嚇啦"，"活動嚇啦"，普通話説"你跟他説一下"，"活動活動吧"。

4．練習

把下面的粵語説成普通話。

① 我聽朝一早出差，後日晏晝返嚟。

② 今晚黑同你出街玩吓啦。

5．參考答案

Wǒ　míngtiān　yī　zǎo　chūchāi　hòutiān　xiàwǔ　huílai
① 我　明天　一　早　出差，　後天　下午　回來。

Jīntiān　wǎnshang　hé　nǐ　shàng　jiē　qù　wán　yi　wán
② 今天　晚上　和　你　上　街　去　玩　一　玩。

第十四課　交通規則

1. 情景對話

兒　子：Māma xiànzài méiyǒu qìchē wǒmen kuài diǎnr guò mǎ
媽媽，現在　沒有　汽車，我們　快　點　過　馬
lù ba
路 吧。

母　親：Xiànzài shì hóng dēng děng yīxia lù dēng liàng le
現在　是　紅　燈，等　一下　綠　燈　亮　了
zài zǒu chōng hóng dēng hěn wēixiǎn de yào zūnshǒu
再　走，衝　紅　燈　很　危險　的，要　遵守
jiāotōng guīzé
交通　規則。

兒　子：Chōng hóng dēng shì bu shì hěn róngyì bèi chē
衝　紅　燈　是　不　是　很　容易　被　車
zhuàngzháo
撞　着？

母　親：Shì a rénren dōu yào zūnshǒu jiāotōng guīzé bù rán
是　啊，人人　都　要　遵守　交通　規則，不　然
de huà jiāotōng jiù luàntào le
的　話　交通　就　亂套　了。

兒　子：Wǒ zhīdào le hóng dēng tíng lù dēng zǒu guò mǎ
我　知道　了，紅　燈　停，綠　燈　走，過　馬
lù zǒu tiānqiáo huòzhě shì bānmǎxiàn
路　走　天橋　或者　是　斑馬線。

母　親：Jīdòngchē zǒu kuàichēdào zìxíngchē zǒu mànchēdào xíng
機動車　走　快車道，自行車　走　慢車道，行
rén zǒu rénxíngdào Lù dēng liàng le wǒmen zǒu ba
人　走　人行道。綠　燈　亮　了，我們　走　吧。

2. 詞語

交通規則 jiāotōng guīzé	交通規則
紅綠燈 hóng lù dēng	紅綠燈
（燈）亮了 liàng le	（燈）着嘞
撞着 zhuàngzháo	撞親
斑馬線 bānmǎxiàn	斑馬線
天橋 tiānqiáo	天橋
快（慢）車道 kuài(màn)chēdào	快（慢）車道
亂套 luàntào	亂龍
人行道 rénxíngdào	行人道
危險 wēixiǎn	牙煙

3. 知識要點

(1) 普通話的"撞着了"和粵語"撞親"

粵語在動詞後面加上"親"，如"撞親"、"跌親"、"打親人"等，是表示動作有了結果，普通話表達同樣的語法意義，一般是在動詞後面加"着了"或其他表示結果的補語，如"撞着了"、"跌傷了"、"打着了人（打傷了人）"。"着"是多音字，表示動作結果的"着"讀 zháo，不能讀輕聲 zhe。

(2) 普通話的"亂套"、"危險"和粵語的"亂龍"、"牙煙"

粵語有很多方言詞是不能直接用在普通話裏的，如本課情景中出現的"亂龍"、"牙煙"等。"亂龍"是亂了次序或秩序的意思，普通話說"亂套"、"混亂"。例如"交通亂曬龍"，普通話是"交通全亂套了"。"牙煙"普通話說"危險"。如"衝紅燈好牙煙"，普通話是"衝紅燈很危險"。

4. 練習

把下面的粵語說成普通話。

①細路仔攞棍玩好牙煙㗎，好容易打親人㗎。

②你間房啲嘢亂曬龍，你執吓啦。

5. 参考答案

① Xiǎohái zi ná gùn zi wán shì hěn wēixiǎn de hěn róng yì dǎ
　小孩子　拿　棍子　玩　是　很　危險　的，很　容易　打

　zháo rén
　着　人。

② Nǐ fángjiān de dōng xī tài luàn le nǐ shōushi yī xià ba
　你　房間　的　東西　太　亂　了，你　收拾　一　下　吧。

第十五課　注意安全

1. 情景對話

兒　子：Bàba xiànzài lù shàng chē bù duō nǐ kāi kuài
爸爸，現在路上車不多，你開快
diǎnr ba
點吧。

父　親：Xià yǔ lù huá kāi kuài le róng yì chū shì kāi
下雨路滑，開快了容易出事，開
chē yào ānquán dì yī
車要安全第一。

兒　子：Bàba nǐ kāi chē zuì pà shénme
爸爸，你開車最怕什麼?

父　親：Zuì pà de shì zài mǎ lù shàng luàn zǒu de rén
最怕的是在馬路上亂走的人，
suǒ yǐ ya nǐ qiānwàn bù yào zài mǎ lù shàng luàn
所以呀，你千萬不要在馬路上亂
pǎo
跑。

兒　子：Wǒ guò mà lù de shíhou zuì pà nàxie héngchōng zhí
我過馬路的時候最怕那些橫衝直
zhuàng de chē le
撞的車了。

父　親：Guò mǎ lù bù yào tài cōngmáng yào liǎng biān kàn
過馬路不要太匆忙，要兩邊看
kan yǒu méiyǒu chē yī dìng yào zhù yì ānquán
看有沒有車，一定要注意安全。

2. 詞語

注意安全 zhùyì ānquán	注意安全
開車 kāi chē	揸車
過馬路 guò mǎlù	過馬路
路滑 lù huá	路滑
匆忙 cōngmáng	擒青
千萬 qiānwàn	千祈
横衝直撞 héngchōng-zhízhuàng	横衝直撞

3. 知識要點

(1) 普通話的"匆忙""魯莽"和粵語的"擒青"

粵語"擒青"是方言詞，不能用在普通話裏。"擒青"有"慌張"、"匆忙"、"急"、"莽撞"等意思，説普通話的時候要根據不同語境選用恰當的義項。例如："食飯唔好咁擒青。""佢做嘢擒擒青青嘅，唔够淡定。"普通話是"吃飯不要那麼急。""他做事莽莽撞撞的，不够鎮定。"

(2) 普通話的"千萬"、"一定"和粵語的"千祈"

"千祈"是粵方言詞，用在囑咐叮嚀的句子裏，普通話應該説"千萬"或者"一定"。例如："千祈唔好大意。"普通話是"千萬不要大意"，"一定不能大意"。

4. 練習

把下面的粵語説成普通話。

①揸車一定要小心啲，千祈要注意安全。

②你咁擒青做乜呀？

5. 參考答案

Kāi chē yī dìng yào xiǎoxīn qiānwàn yào zhù yì ānquán
① 開 車 一 定 要 小心， 千萬 要 注 意 安 全 。

Nǐ nàme jí gàn shénme
② 你 那麼 急 幹 什麼？

第十六課　清除路障

1. 情景對話

小　李：前面　出　了　什麼　事？車　都　堵　在　這兒
　　　　Qiánmian chū le shénme shìr Chē dóu dǔ zài zhèr
　　　　不　能　走。
　　　　bù néng zǒu

小　王：颱風　颳倒　了　一　棵　大　樹，把　路　堵塞　了。
　　　　Táifēng guādǎo le yī kē dà shù bǎ lù dǔsè le

小　李：現在　有　沒有　人　在　清除　路障？
　　　　Xiànzài yǒu méiyǒu rén zài qīngchú lùzhàng

小　王：工人　正在　搬走　倒下　的　樹，等　一會兒
　　　　Góngrén zhèngzài bānzǒu dǎoxià de shù děng yīhuìr
　　　　就　可以　清理　完。
　　　　jiù kěyǐ qīnglǐ wán

小　李：這　場　颱風　真　厲害，到處　都是　颳倒
　　　　Zhè cháng táifēng zhēn lìhai dàochù dōushì guādǎo
　　　　的　樹　和　廣告牌，弄　得　道路　都　不　通
　　　　de shù he guǎngàopái nòng de dàolù dōu bù tōng
　　　　暢。
　　　　chàng

小　王：哪裏　有　路障　可以　打　122　電話，很　快
　　　　Nǎlǐ yǒu lùzhàng kěyǐ dǎ yī-èr-èr diànhuà hěn kuài
　　　　就　會　有　人　去　處理　的。
　　　　jiù huì yǒu rén qù chǔlǐ de

2. 詞語

清除路障 qīngchú lùzhàng　　　　　　清除路障

（風）颳倒 guādǎo　　　　　　　　　吹冧

33

等一會兒 děng yīhuìr	等一陣間
到處 dàochù	四周圍
道路 dàolù	路
通暢 tōngchàng	通暢

3．知識要點

(1) 普通話"正在"和粵語"緊"

表示動作在進行中，粵語是在動詞後面加"緊"，如"食緊飯"。普通話不能說"緊"而用"正在"，如"正在吃飯"。粵語的"緊"和普通話的"正在"在句子中的位置不同，"緊"放在動詞後面，"正在"放在動詞前面。

(2) 普通話表示肯定的語氣詞"的"、"了"和粵語的"㗎喇"

"㗎喇"是粵方言的語氣詞，表示肯定的意思，但不能用在普通話裏，普通話可以說"的"、"了"。例如："佢做嘢就係噉㗎喇。"普通話是"他做事就是這樣的了。"

4．練習

在下面句子的空格裏填上恰當的時間副詞和語氣詞。

①電話鈴響的時候我（　　）廚房炒菜。

②我（　　）打過電話（　　），他們一會兒就來。

③你來得（　　）好，我們（　　）（　　）開始吃飯，快來吃（　　）。

5．參考答案

①正在

②已經，了

③正，才，剛剛，吧

34

第十七課　處理事故

1．情景對話

司　機：Tiānhé lù chū le yī qǐ jiāotōng shìgù qǐng jiāojǐng
天河 路 出 了 一 起 交通 事故，請 交警
lì kè lái chǔ lǐ
立刻 來 處理。

交　警：Hòumian de chē qǐng bāngmáng bǎ shāngzhě sòngdào
後面 的 車 請 幫 忙 把 傷者 送到
yīyuàn qiǎngjiù Shénme shíhòu fāshēng de shìgù
醫院 搶救。什麼 時候 發生 的 事故？

司　機：Dàgài shì shíwǔ fēn zhōng qián duìmian de huòchē
大概 是 十五 分 鐘 前，對面 的 貨車
bù zhī wèishénme tū rán chōng le guòlái zhuàng le
不知 爲什麼 突然 衝 了 過來，撞 了
qiánmian de chē
前面 的 車。

交　警：Nǐ de chē gēn de tài jǐn shā chē bù jí yě
你 的 車 跟 得 太 緊，刹車 不 及，也
zhuàng le shàngqu shì ma
撞 了 上去，是 嗎？

司　機：Shì de xìngkuī zhuàng de bù lì hai rén méi shòu shāng
是 的，幸虧 撞 得 不 厲害，人 沒 受 傷。

交　警：Tuōchē bǎ zhè liǎng liàng zhuàng huài de chē tuō
拖車，把 這 兩 輛 撞 壞 的 車 拖
zǒu Nǐ de chē kě yǐ zǒu le kāi chē yào zhù yì
走。你 的 車 可以 走 了，開 車 要 注意
diǎnr
點兒。

2. 詞語

處理 chǔlǐ	處理
交警 jiāojǐng	交通警察
一起事故 yī qǐ shìgù	一單事故
拖走 tuō zǒu	拉走
跟得太緊 gēn de tài jǐn	跟得太埋
厲害 lìhai	犀利
注意點 zhùyì diǎnr	醒定啲
幸虧 xìngkuī	好彩

3. 知識要點

粵語"埋"譯成普通話時的各種説法

　　①粵語的"埋"經常和"同"連在一起作連詞用,在普通話裏用"和",如"我同埋你去",普通話是"我和你去"。②"埋"放在動詞後面表示擴充範圍,普通話用"連"、"再"、"全"、"把……也"等詞,如"帶埋你去喇",普通話是"把你也帶去吧"。③放在動詞後面作補語的"埋"表示距離和位置近,普通話用"緊"、"裏面"、"邊上"、"進去"等,例如:"跟得太埋。""馬路車多,行埋啲。"普通話是"跟得太緊。""馬路上車多,走邊上點兒。"

4. 練習

　　把下面的粵語説成普通話。

　　①你執埋啲文件至走,我聽日同埋你一齊去訂合同。

　　②你架單車放埋啲,咪逼埋一齊。

5. 參考答案

①
Nǐ bǎ wénjiàn shōushi hǎo zài zǒu, wǒ míngtiān hé nǐ yī
你　把　文件　收拾　好　再　走,我　明天　和　你　一
qǐ qù dìng hétong
起　去　訂　合同。

②
Nǐ de zì xíngchē fàng jìnqu yīdiǎnr bié jǐ zài yī qǐ
你　的　自行車　放　進去　一點　,別　擠　在　一起。

第十八課　違章處罰

1. 情景對話

交警：對不起，您違章停車，請出示您的駕駛執照。

司機：對不起，我不是有意的，我馬上把車開走。

交警：車輛違章行駛，到處亂停亂放，就會堵塞道路影響交通。

司機：這我知道，我不應該亂停車，能不能只罰款？駕駛執照還給我吧。

交警：違章處罰一律按章辦事。交了罰款後去取回執照。以後可不要再違章了。

司機：知道了，以後一定遵守交通規則。

2. 詞語

違章處罰 wéi zhāng chǔfá	違例處罰
有意 yǒuyì	專登
按章辦事 àn zhāng bàn shì	按章辦事
行駛 xíngshǐ	行駛
亂停亂放 luàn tíng luàn fàng	亂停亂放
堵塞 dǔsè	阻塞
駕駛執照 jiàshǐ zhízhào	駕駛執照
以後 yǐhòu	第日

3. 知識要點

(1) 多音字"塞"的讀音

　　粵語"塞"字有兩個讀音，［ʃɐt⁵］（堵塞）和［tʃʰɔi³³］（要塞）。普通話"塞"有三個讀音，①表示堵、填塞的意思，在單音節詞和口語音裏讀 sāi，如"把窟窿塞住"。②與①意思相同，在合成詞和成語中讀 sè，如"閉塞"。③表示邊界上的險要地方讀 sài，如"邊塞"。

(2) 多音字"處"的讀音

　　①表示交往、辦理、處罰、存、居等意思，"處"讀 chǔ，如"處理"、"相處"。②表示地方、機關和某一部分讀 chù，如"住處"、"籌備處"。

4. 練習

　　把下面的粵語説成普通話。

　　①原嚟係個木塞仔塞住咗條水管。

　　②呢件事點樣處分由人事部具體處理喇。

5. 參考答案

①
Yuánlái	shì	gè	xiǎo	mùsāi	bǎ	shuǐguǎn	dǔ sè	le
原來	是	個	小	木塞	把	水管	堵塞	了。

②
Zhè	jiàn	shì	rú hé	chǔfèn	yóu	rénshìchù	jù tǐ	chǔ lǐ	ba
這	件	事	如何	處分	由	人事處	具體	處理	吧。

郵　電

第十九課　寄包裹

1. 情景對話

老　王：
Xiǎojiě wǒ yào jì yī bāo yī fú hé liǎng hé yào
小姐，我要寄一包衣服和兩盒藥，
qǐngwèn zěnme bāozhuāng
請問怎麼包裝？

郵務員：
Yī fú kě yǐ yòng bùdài zhuāng yào yòng hé zi zhuāng
衣服可以用布袋裝，藥用盒子裝
cái xíng
才行。

老　王：
Dōu zhuāng hǎo le qǐng nǐ jiǎnchá yī xià ba
都裝好了，請你檢查一下吧。

郵務員：
Nǐ bǎ dài kǒu féng shang hé zi yòng jiāo zhǐ fēng
你把袋口縫上，盒子用膠紙封
hǎo zài tián zhāng bāoguǒdān
好，再填張包裹單。

老　王：
Zhèyàng kě yǐ le ma
這樣可以了嗎？

郵務員：
Kě yǐ le Qù chēng zhòngliàng jiāo qián ba
可以了。去稱重量交錢吧。

2. 詞語

寄包裹 jì bāoguǒ　　　　　　寄包裹

39

包裝 bāozhuāng	包裝
布袋 bùdài	布袋
盒子 hézi	盒
縫好 féng hǎo	聯埋
可以 kěyǐ	得

3．知識要點

(1) 粵語"嗽"譯成普通話的不同用法

①"嗽"作指示代詞時，普通話説"這"、"這樣"、"這麼"、"那"、"那樣"、"那麼"等，如"嗽得唔得呀"，"嗽好啦"，普通話是"這樣行不行"，"那好吧"。②"嗽"作助詞時，普通話説"的"、"地"或"……一樣"、"……似的"。例如："一個一個嗽嚟。""你畫老虎畫得好似隻貓嗽。"普通話是"一個一個地來。""你畫老虎畫得像貓一樣。"

(2) 普通話"才行"和粵語"至得"

"至得"或"先至得"，是表示只有在某種條件下然後怎樣的粵方言，它不能用在普通話裏，説普通話的時候用"才可以"、"才行"。如"要裝啲水至得"，普通話是"要裝點水才行"。

4．練習

把下面的粵語説成普通話。

①做事要有計劃，一件一件嗽去做先得㗎。

②嗽樣包書唔得㗎，要包到好似嗰本嗽樣至得。

5．參考答案

① Zuò shìqing yào yǒu jì huà yī jiàn yī jiàn de qù zuò cái
  做 事情 要 有 計劃， 一 件 一 件 地 去 做 才
  xíng
  行 。

② Zhèyàng bāo shū bù xíng yào bāo de xiàng nà běn nàyàng
  這樣 包 書 不 行， 要 包 得 像 那 本 那樣
  cái xíng
  才 行 。

第二十課　取郵件

1. 情景對話

老　王：
Xiǎojiě wǒ qǔ bāoguǒ yīgòng liǎng jiàn
小姐，我取包裹，一共兩件。

郵務員：
Zài yóujiàn tōngzhīdān shàng tián le shēnfènzhèng hào
在郵件通知單上填了身份證號
mǎ hé qiān shàng míng méiyǒu
碼和簽上名沒有？

老　王：
O yǒu yī zhāng hái méi tián ne Tián hǎo
喔，有一張還沒填呢。……填好
le
了。

郵務員：
Zhè zhāng tōngzhīdān bù shì nǐ běnrén de háiyào
這張通知單不是你本人的，還要
tiánxiě dàilǐngrén de shēnfènzhèng hàomǎ hé qiānmíng
填寫代領人的身份證號碼和簽名。

老　王：
Tā de shēnfènzhèng méi gěi wǒ yòng wǒ de zhèng
他的身份證沒給我，用我的證
jiàn dàilǐng xíng bu xíng
件代領行不行？

郵務員：
Àn guīdìng dàilǐng yóujiàn yào yǒu běnrén hé dàilǐng
按規定代領郵件要有本人和代領
rén de zhèngjiàn hé qiānmíng cái xíng zhǐhǎo qǐng
人的證件和簽名才行，只好請
nǐ duō zǒu yī tàng le
你多走一趟了。

2. 詞語

取郵件 qǔ yóujiàn	攞郵件
簽名 qiānmíng	簽名
通知單 tōngzhīdān	通知單
證件 zhèngjiàn	證件
代領人 dàilǐngrén	代領人
填寫 tiánxiě	寫，填

3. 知識要點

(1) 普通話 "沒有"、"還沒有" 和粵語 "未"、"重未"

在疑問句裏，粵語用 "未" 放在動詞後面，構成正反問句，普通話用 "沒有"。如："寫好未?" "行得未?" 普通話是 "寫好了沒有?" "可以走了嗎?" 在否定句裏，粵語用 "未（重未）" 放在動詞或形容詞前面，相當於普通話的 "還沒有"。如："我未食飯"。普通話是 "我還沒吃飯。"

(2) "多" 和 "少" 作狀語在粵語和普通話中的位置不同

在粵語中形容詞 "多" 和 "少" 跟動詞組合一般是放在動詞後面，如 "行多次"，"食少啲"，而普通話一般是放在動詞前面，如 "多走一趟"，"少吃點兒"。

4. 練習

把下面的粵語説成普通話。

①你攞咗行李未呀? 未啊。

②你玩少啲遊戲機，睇多啲書得唔得呀?

5. 參考答案

① Nǐ ná le xíng lǐ méiyǒu Hái méiyǒu
　你 拿 了 行李 沒有? 還 沒有。

② Nǐ shǎo wán diǎnr yóuxì jī duō kàn diǎnr shū xíng bù xíng
　你 少 玩 點 遊戲機，多 看 點 書 行 不 行
　ne
　呢?

第二十一課　買郵票

1. 情景對話

小劉：Qǐngwèn jì dào Měiguó qù de hángkōngxìn yào duōshǎo yóufèi
請問寄到美國去的航空信要多少郵費？

郵務員：Bù chāo zhòng de huà shì liù yuán
不超重的話是六元。

小劉：Yǒu méiyǒu dài yóupiào de míngxìnpiàn
有沒有帶郵票的明信片？

郵務員：Méiyǒu dài yóuzī de míngxìnpiàn jì guó nèi nǐ mǎi sì jiǎo de yóupiào tiē shàngqu ba
沒有帶郵資的明信片，寄國內你買四角的郵票貼上去吧。

小劉：Mǎi liǎng zhāng liù yuán de sān zhāng wǔ jiǎo de yī zhāng sì jiǎo de yóupiào yī zhāng míngxìnpiàn yīgòng duōshǎo qián
買兩張六元的，三張五角的，一張四角的郵票，一張明信片，一共多少元？

郵務員：Míngxìnpiàn sān jiǎo wǔ fēn yī zhāng yīgòng shì shísì yuán èr jiǎo wǔ fēn
明信片三角五分一張，一共是十四元二角五分。

2. 詞語

郵票 yóupiào　　　　郵票

郵資 yóuzī　　　　郵費

明信片 míngxìnpiàn　　　　明信片

貼 tiē　　　　　　　　　　貼

3．知識要點

普通話、粵語對貨幣單位和數目的表示方法

　　①貨幣單位的說法不同，粵語中的"蚊"、"個（銀錢）"、"毫（子）"在普通話裏是"元"（口語也可以説"塊"）、"角"（口語也説"毛"）。②當兩個數目連用，前一單位數量爲"一"時，粵語經常省略"一"不説，普通話則不能省略，如"百二蚊"，"個四"，普通話是"一百二十元"，"一塊四"。③當兩個單位連用，後一個以"角"、"分"爲單位，數字爲"五"時，粵語可用"半"代替，普通話沒有這種説法，如"三個半"，"九毫半"，普通話是"三塊五"，"九毛五分"。④當兩個或三個單位連用時，粵語和普通話都可以省去最後一個單位名稱，如"七蚊三"，"十五個六毫二"，普通話是"七塊三"，"十五塊六毛二"。

4．練習

　　把下面的粵語説成普通話。

　　①呢紮菜三個半銀錢，條魚十二個八，葱五毫子。

　　②我畀百三蚊你，你贖番我五蚊。

5．參考答案

①
Zhè bǎ cài sān kuài wǔ yú shí èr kuài bā cōng wǔ máo
這 把 菜 三 塊 五，魚 十 二 塊 八，葱 五 毛

qián
錢。

②
Wǒ gěi nǐ yībǎi sānshí kuài nǐ zhǎohuí wǒ wǔ kuài
我 給 你 一百 三十 塊，你 找 回 我 五 塊。

第二十二課 寄信

1. 情景對話

小李：小王，我去郵局寄掛號信，你有沒有事兒要我順帶辦的？

小王：麻煩你幫忙寄兩封信。

小李：這封信你忘了寫郵政編碼。這封寄香港的信，信封不標準，郵局不讓寄的。

小王：那請你幫忙買幾個標準信封回來吧。

小李：是寄國內還是國外，平信還是航空信？

小王：寄國內航空、國際航空和香港平信的信封各買兩個吧。

2. 詞語

郵局 yóujú	郵局
標準信封 biāozhǔn xìnfēng	標準信封
平信 píngxìn	平郵信
掛號信 guàhàoxìn	掛號信
航空信 hángkōngxìn	空郵信
郵政編碼 yóuzhèng biānmǎ	郵政編碼

3. 知識要點

(1) 普通話和粵語選擇問句的連詞和語氣詞

選擇問句的關聯詞,粵語常用"係……定係"或者"……抑或……",普通話常用"是……還是"。選擇問句的語氣詞,粵語常用"呀",普通話常用"呢",普通話有時可以省略語氣詞而用語氣表示疑問。例如:"你係食飯先抑或係沖涼先呀?""寄航空定係寄平郵呀?"普通話是"你是先吃飯還是先洗澡呢?""寄航空還是寄平信?"

(2) 普通話"幫忙"和粵語"幫手"

粵語"幫手"是動詞,普通話應該說"幫忙"。如"唔該你幫幫手",普通話是"請你幫幫忙"。普通話的"幫手"是名詞,指幫助做事的人,粵語則說"助手"、"幫工",如"我請咗兩個幫工",普通話說"我請了兩個幫手"。

4. 練習

把下面的粵語説成普通話。

①你係幫佢手定係幫我手呀?

②你去銀行先抑或去郵局先?

5. 參考答案

① 你是幫他的忙還是幫我的忙呢?
Nǐ shì bāng tā de máng háishì bāng wǒ de máng ne

② 你先去銀行還是先去郵局?
Nǐ xiān qù yínháng háishì xiān qù yóujú

第二十三課　集　郵

1. 情景對話

孫　子：爺爺　您　看，這些　是　我　收集　的　郵票，有
Yéye nín kàn zhèxiē shì wǒ shōují de yóupiào yǒu
　　　　紀念　郵票，特種　郵票，還有　小型　張。
jìniàn yóupiào tè zhǒng yóupiào háiyǒu xiǎoxíngzhāng

爺　爺：這些　舊　郵票　要　先　用　水　泡　一　泡，
Zhèxiē jiù yóupiào yào xiān yòng shuǐ pào yi pào
　　　　洗　淨　晾　乾　才能　放進　集郵　冊。
xǐ jìng liàng gān cáinéng fàngjin jíyóu cè

孫　子：爺爺，把　您　的　集郵　冊　給　我　看看　行
Yéye bǎ nín de jíyóu cè gěi wǒ kànkan xíng
　　　　嗎？
ma

爺　爺：行。這些　是　按　專題　分類　的　專集，這些
Xíng Zhèxiē shì àn zhuāntí fēnlèi de zhuānjí zhèxiē
　　　　是　首日封　和　紀念封。
shì shǒurìfēng hé jìniànfēng

孫　子：哇，這些　信封　的　紀念　郵戳　圖'案　真
Wa zhèxiē xìnfēng de jìniàn yóuchuō tú'àn zhēn
　　　　漂亮　啊！
piàoliang a

爺　爺：這　本　年票　冊　爺爺　送給　你　作　生日
Zhè běn niánpiào cè yéye sònggěi nǐ zuò shēngrì
　　　　禮　物　吧。
lǐ wù ba

2．詞語

集郵冊 jíyóu cè	集郵簿
紀念郵票 jìniàn yóupiào	紀念郵票
小型張 xiǎoxíngzhāng	小型張
特種郵票 tèzhǒng yóupiào	特種郵票
首日封 shǒurìfēng	首日封
郵戳圖案 yóuchuō tú'àn	郵戳圖案
專題 zhuāntí	專題
年票冊 niánpiào cè	年票冊

3．知識要點

粵語"畀"譯成普通話的幾種用法

　　①粵語"畀"作動詞時普通話説"給"，如"畀我喇"，普通話是"給我吧"。"畀"也可以作爲語素與其他動詞構成合成詞，如"送畀你"，"帶畀佢"，普通話是"送給你"，"帶給他"。在雙賓語句中，粵語"畀"後面的賓語通常是先指物後指人，普通話"給"後面的賓語則是先指人後指物，如"畀個信封我"，普通話是"給我一個信封"。②"畀"作介詞用時，普通話用"被"、"讓"、"給"、"用"等詞，例如"畀水浸浸"，"咪畀佢知道"，普通話是"用水泡泡"，"別讓他知道"。

4．練習

　　把下面的粵語説成普通話。
　　①我畀本書你，你睇完咗再畀佢睇。
　　②你將啲錢交咗畀佢呀？你畀佢呃咗喇。

5．參考答案

　　① Wǒ gěi nǐ běn shū nǐ kànwán le zài gěi tā kàn
　　　我　給　你　本　書，你　看完　了　再　給　他　看。

　　② Nǐ bǎ qián jiāo le gěi tā ya nǐ bèi tā piàn le
　　　你　把　錢　交　了　給　他　呀？你　被　他　騙　了。

48

第二十四課　匯　款

1. 情景對話

老　張：Qǐngwèn jì qián dào Běijīng yào duōjiǔ cái shōudào
請問，寄錢到北京要多久才收到
ne
呢？

郵務員：Jì kuài jiàn sān tiān màn jiàn yào yī gè xīngqī
寄快件三天，慢件要一個星期。

老　張：Diànhuì yào duōjiǔ ne
電匯要多久呢？

郵務員：Jīntiān shì xīngqīliù shuāngxiūrì diànhuì bǐ kuài jiàn
今天是星期六，雙休日電匯比快件
màn xiē píngshí hé kuài jiàn chàbuduō
慢些，平時和快件差不多。

老　張：Nà jì kuài jiàn ba jì liǎngwàn yuán yào tián jǐ
那寄快件吧，寄兩萬元要填幾
zhāng huìkuǎndān
張匯款單？

郵務員：měi zhāng huìkuǎndān bù néng chāoguò yī wàn yuán
每張匯款單不能超過一萬元，
nǐ tián liǎng zhāng ba
你填兩張吧。

2. 詞語

匯款 huìkuǎn　　　　　　匯款
快（慢）件 kuài（màn）jiàn　　快（慢）件
電匯 diànhuì　　　　　　電匯

49

3．知識要點

粵語"幾"在普通話裏的各種用法

①表示疑問、詢問的意思，普通話説"多"、"多少"、"幾"，如"幾長時間?""去幾日呀?"普通話是"多長時間?""去幾天?"粵語"幾耐"，普通話是"多久"。②表示驚異、讚嘆的意思，普通話説"多"、"多麼""很"、"挺"等，如"件衫幾靓啊"，"佢個人幾好喋"，普通話是"衣服很漂亮啊"，"他這個人挺好的"。③表示肯定的意思，普通話説"還算"、"很"，如"呢排幾好"，"佢都幾乖"，普通話説"這段時間很好"，"他還算乖"。④用在否定詞後面，普通話説"（不）很"、"（不）怎麼"等，如"冇幾耐"，"唔係幾新鮮"，普通話是"沒多久"，"不太新鮮"。"幾"還可以表示約數，第七課已介紹過。

4．練習

把下面的粵語説成普通話。

①你出差去幾耐呀? 三幾日就番嚟喇。

②呢出戲唔係幾好睇嘅，怪唔得冇幾多人睇喇。

5．參考答案

① 你 出差 去 多 長 時間？三 幾 天 就 回來 的。
Nǐ chūchāi qù duō cháng shíjiān Sān jǐ tiān jiù huílai de

② 這 場 戲 不 是 很 好 看，怪 不得 沒 多少
Zhè chǎng xì bù shì hěn hǎo kàn guài bù de méi duōshǎo

人 看。
rén kàn

第二十五課　速　遞

1. 情景對話

小　劉：<ruby>小<rt>Xiǎo</rt></ruby> <ruby>張<rt>Zhāng</rt></ruby>，<ruby>這<rt>zhè</rt></ruby> <ruby>五<rt>wǔ</rt></ruby> <ruby>包<rt>bāo</rt></ruby> <ruby>資料<rt>zī liào</rt></ruby> <ruby>要<rt>yào</rt></ruby> <ruby>馬上<rt>mǎshang</rt></ruby> <ruby>寄到<rt>jì dao</rt></ruby>
<ruby>武漢<rt>Wǔhàn</rt></ruby> <ruby>去<rt>qù</rt></ruby>，<ruby>這<rt>zhè</rt></ruby> <ruby>事<rt>shì</rt></ruby> <ruby>你<rt>nǐ</rt></ruby> <ruby>去<rt>qù</rt></ruby> <ruby>辦<rt>bàn</rt></ruby> <ruby>吧<rt>ba</rt></ruby>。

小　張：<ruby>對方<rt>Duìfāng</rt></ruby> <ruby>急<rt>jí</rt></ruby> <ruby>着<rt>zhe</rt></ruby> <ruby>要<rt>yào</rt></ruby> <ruby>嗎<rt>ma</rt></ruby>？

小　劉：<ruby>對方<rt>Duìfāng</rt></ruby> <ruby>催<rt>cuī</rt></ruby> <ruby>得<rt>de</rt></ruby> <ruby>很<rt>hěn</rt></ruby> <ruby>急<rt>jí</rt></ruby>，<ruby>你<rt>nǐ</rt></ruby> <ruby>用<rt>yòng</rt></ruby> <ruby>最<rt>zuì</rt></ruby> <ruby>快<rt>kuài</rt></ruby> <ruby>的<rt>de</rt></ruby> <ruby>方式<rt>fāngshì</rt></ruby>
<ruby>寄<rt>jì</rt></ruby>。

小　張：<ruby>那<rt>Nà</rt></ruby> <ruby>找<rt>zhǎo</rt></ruby> <ruby>速遞<rt>sù dì</rt></ruby> <ruby>公司<rt>gōng sī</rt></ruby> <ruby>吧<rt>ba</rt></ruby>。

小　劉：<ruby>速遞<rt>Sù dì</rt></ruby> <ruby>幾<rt>jǐ</rt></ruby> <ruby>天<rt>tiān</rt></ruby> <ruby>可以<rt>kě yǐ</rt></ruby> <ruby>到<rt>dào</rt></ruby>？

小　張：<ruby>最<rt>Zuì</rt></ruby> <ruby>快<rt>kuài</rt></ruby> <ruby>兩<rt>liǎng</rt></ruby> <ruby>天<rt>tiān</rt></ruby>，<ruby>還<rt>hái</rt></ruby> <ruby>可以<rt>kě yǐ</rt></ruby> <ruby>打<rt>dǎ</rt></ruby> <ruby>電話<rt>diànhuà</rt></ruby> <ruby>叫<rt>jiào</rt></ruby> <ruby>他們<rt>tā men</rt></ruby>
<ruby>上<rt>shàng</rt></ruby> <ruby>門<rt>mén</rt></ruby> <ruby>來<rt>lái</rt></ruby> <ruby>辦理<rt>bàn lǐ</rt></ruby> <ruby>呢<rt>ne</rt></ruby>。

2. 詞語

速遞 sùdì　　　　　　　　速遞

急着 jí zhe　　　　　　　急住

上門辦理 shàng mén bànlǐ　上門辦理

51

3．知識要點

(1) 普通話"了"、"吧"和粵語"喇"

　　"喇"是粵方言陳述句和祈使句的語氣詞，普通話不能使用"喇"。在陳述句裏，普通話用"了"。如"我知道喇"，普通話是"我知道了"。在祈使句裏，普通話用"吧"、"了"。例如："呢件事由你去做喇。""米講喇。"普通話是"這件事由你去做吧。""別説了。"

(2) 粵語語氣詞"添"在普通話裏的譯法

　　粵語語氣詞相當豐富，有不少語氣詞在普通話裏難以找到相應的説法，"添"就是其中的一個。"添"主要用在表示"再多一點"或"還可以做什麼"的陳述語氣和商量語氣中，普通話沒有很對應的語氣詞。如"重可以上門辦理添"，"食啲添啦"，普通話説"還可以上門辦理呢"，"再吃點吧"。

4．練習

　　把下面的粵語説成普通話。

　　①啲事做好囉喇，我地行喇。

　　②嗽多人，一個西瓜唔够食㗎，買多個添啦。

5．參考答案

　　　　Shìqing　dōu　zuò　hǎo　le　wǒmen　zǒu　ba
① 事情　都　做　好　了，我們　走　吧。

　　　　Zhème　duō　rén　yī　gè　xīguā　bù　gòu　chī　de　zài　duō　mǎi
② 這麼　多　人，一　個　西瓜　不　够　吃　的，再　多　買

　　yī　gè　ba
一　個　吧。

第二十六課　送　信

1. 情景對話

郵遞員：
Wǔshíbā hào èr lóu de Huáng xiān sheng qǐng dài
58 號 二 樓 的 黄 先 生，請 帶
tú zhāng xià lai qǔ guàhàoxìn
圖 章 下 來 取 掛 號 信。

黄先生：
Zài nǎ r qiānshōu
在 哪兒 簽 收？

郵遞員：
Zài zhè lǐ Zhèshì nǐ de guàhàoxìn
在 這裏。這是 你 的 掛 號 信。

黄先生：
Qǐngwèn zuótiān tuì huílai de xìn shì zěnme huí shìr
請 問 昨天 退 回來 的 信 是 怎麽 回 事
a
啊？

郵遞員：
Xìnfēng dì zhǐ xiě de bù qīngchǔ wú fǎ tóu dì Yǐhòu
信 封 地址 寫 得 不 清 楚，無法 投遞。以後
jì xìn yī dìng yào bǎ xìngmíng dì zhǐ xiě qīngchǔ
寄 信 一 定 要 把 姓 名 地址 寫 清 楚。

黄先生：
Xièxie yǐ hòu yī dìng huì zhù yi de
謝謝，以後 一 定 會 注意 的。

2. 詞語

送信 sòng xìn	送信
圖章 túzhāng	圖章
簽收 qiānshōu	簽收
投遞 tóudì	投遞
地址 dìzhǐ	地址

不清楚 bù qīngchǔ	唔清楚
姓名 xìngmíng	姓名
退回來 tuì huílai	打番轉頭

3. 知識要點

粵語"實"在普通話裏的説法

粵語"實"作副詞用表示肯定的意思，普通話説"一定"、"肯定"、"準"，如"實會注意"，"佢做實得"，普通話是"一定會注意"，"他做準行"。"實"作形容詞時普通話説"硬"、"緊"，如"呢個餅好實"，"跟實啲"，普通話是"這個餅很硬"，"跟緊一點"。

4. 練習

把下面的粵語説成普通話。

①攞包裹實係要帶身份證同圖章啦。

②你帶細路仔去公園玩最緊要睇實佢呀。

5. 參考答案

① Qǔ bāoguǒ shì yī dìng yào dài shēnfènzhèng hé tú zhāng de
取 包裹 是 一定 要 帶 身份證 和 圖章 的。

② Nǐ dài xiǎoháir qù gōngyuán wán zuì yàojǐn de shì kānjǐn
你 帶 小孩 去 公園 玩 最 要緊 的 是 看緊
tā
他。

第二十七課　訂報紙

1. 情景對話

老　王：　Qǐngwèn dìng bàozhǐ zázhì shì bu shì zài zhège
請　問，訂　報紙　雜誌　是　不　是　在　這個

chuāngkǒu bànlǐ
窗　口　辦理?

服務員：　Shì de nǐ xiān tián yī zhāng bàokān dìngyuèdān
是　的，你　先　填　一　張　報刊　訂閱單。

老　王：　Wǒ bù zhīdào bàokān dàihào shì shénme nà zěnme
我　不　知道　報刊　代號　是　什麼　那　怎麼

tián ne
填　呢?

服務員：　Qiáng shang tiēzhe de bàokān zhēngdìngbiǎo yǒu bàokān
牆　上　貼着　的　報刊　徵訂表　有　報刊

dàihào nǐ kànkan jiù qīngchǔ le
代號，你　看看　就　清楚　了。

老　王：　Xièxie O háiyǒu bàozhǐ zázhì shì bu shì dōu sòng
謝謝。噢，還有，報紙　雜誌　是　不　是　都　送

dào xìnxiāng
到　信箱?

服務員：　Méiyǒu zhíbānshì de dōu huì sòngdào xìnxiāng de fàng
沒有　值班室　的　都　會　送到　信箱　的，放

xīn ba
心　吧。

2. 詞語

訂閱 dìngyuè　　　　　　　訂閱

徵訂表 zhēngdìngbiǎo　　　徵訂表

55

報紙 bàozhǐ   報紙
雜誌 zázhì   雜誌
報刊代號 bàokān dàihào   報刊代號

3. 知識要點

(1) 普通話動詞後面的"着"和粵語"住"

粵語在動詞和表示程度的形容詞後面加"住"，表示動作的持續或加強語氣，普通話不能説"住"而要説"着"，如"貼住"，"急住"，普通話是"貼着"，"急着"。附着在介詞後面的"住"則沒有持續的意思，這種情況普通話也説"着"，如"順住呢條路行"，"照住呢件衫嘅樣做"，普通話是"順着這條路走"，"照着這件衣服的樣子做"。助詞"着（zhe）"讀輕聲。

(2) 普通話"還"和粵語"重"

"重"是粵方言表示頻率的副詞，不能用在普通話裏，普通話説"還（hái）"，如"重未去"，"重有幾個"，普通話是"還沒去"，"還有幾個"。在普通話中"還"是多音字，作副詞用讀 hái。表示返回原處，恢復原狀，回覆對方等意思時讀 huán，如"還給我"，"還價"。

4. 練習

把下面的粵語説成普通話。

①你重唔快啲跟住佢去？

②你聽住，未做完功課唔好睇電視。

5. 參考答案

Nǐ　hái　bù　kuài　diǎnr　gēnzhe　tā　qù
① 你　還　不　快　點　跟着　他　去？

Nǐ　tīngzhe　méi　zuòwán　gōngkè　bù　yào　kàn　diànshì
② 你　聽着，沒　做完　功課　不　要　看　電視。

56

第二十八課　查詢郵件

1. 情景對話

老　劉：
Xiǎojiě láojià. nǐ chácha wǒ jì de bāoguǒ wèishénme
小姐，勞駕你查查我寄的包裹爲什麼
zhème jiǔ hái méi jì dào
這麼久還沒寄到。

郵務員：
Nǐ de bāoguǒ shì jì dào nǎ lǐ de Shénme shíhòu jì
你的包裹是寄到哪裏的？什麼時候寄
de
的？

老　劉：
Jì dào Guìlín qùnián nián dǐ jì de yǐ jīng liǎng ge
寄到桂林，去年年底寄的，已經兩個
duō yuè le
多月了。

郵務員：
Wǒ qù chá yi cha Bāoguǒ zǎo yǐ jì chū wèishénme hái
我去查一查。包裹早已寄出，爲什麼還
méi dào yào hé Guìlín yóu jú lián xì hòu cái qīng
沒到，要和桂林郵局聯繫後才清
chǔ
楚。

老　劉：
Nà wǒ shénme shíhòu cái zhīdào jiéguǒ ne
那我什麼時候才知道結果呢？

郵務員：
Nǐ tián yī zhāng cháxúndān guò jǐ tiān lái kànkan
你填一張查詢單，過幾天來看看
ba
吧。

57

2. 詞語

查詢 cháxún	查詢
去年 qùnián	舊年
結果 jiéguǒ	結果
年底 nián dǐ	年尾

3. 知識要點

(1) 普通話和粵語時間名詞"年"的用法

粵語的"舊年"、"今年"、"明年"普通話説"去年"、"今年"、"明年"，粵語的"年頭"、"年尾"普通話説"年初"、"年底"。

(2) 普通話介詞"和"與粵語介詞"同"

表示引出相關、比較對象的介詞，粵語用"同"，普通話可以用"和"、"跟"、"同"等多個介詞，如"我同佢聯繫"，"今年天氣同往年一樣"，普通話是"我和他聯繫"，"今年天氣和往年一樣"。粵語"同"作連詞的用法第十七課已介紹。

4. 練習

把下面的粵語説成普通話。

①呢件衫係舊年買嘅，出年可能唔着得喇。

②你嘅事我同佢講咗喇，估計年尾可以解決。

5. 參考答案

① Zhè jiàn yī fú shì qùnián mǎi de, míngnián dàgài jiù bù
   這 件 衣 服 是 去年 買 的, 明年 大概 就 不
   néng chuān le
   能 穿 了。

② Nǐ de shì wǒ gēn tā shuō le, gū jì nián dǐ kě yǐ jiě
   你 的 事 我 跟 他 説 了, 估計 年 底 可以 解
   jué
   決。

第二十九課　報裝電話

1. 情景對話

小　王：Qǐngwèn xiànzài bàozhuāng diànhuà shénme shíhòu kě yǐ kāi
請問，現在報裝電話什麼時候可以開
tōng
通？

郵務員：Sān ge yuè yǐ nèi
三個月以內。

小　王：Chūzhuāngfèi shì duōshǎo
初裝費是多少？

郵務員：Sì qiān yuán rúguǒ xūyào zhuāng yī bù fù jī duō jiāo
四千元，如果需要裝一部副機，多交
yī bǎi yuán
一百元。

小　王：Wǒ xūyào guónèi guó jì chángtú zhíbō gōngnéng yào bu
我需要國內、國際長途直撥功能，要不
yào lìngwài shēnqǐng
要另外申請？

郵務員：Bù yòng nǐ zài diànhuà shēnqǐngkǎ shàng zhùmíng jiù
不用，你在電話申請卡上註明就
xíng le
行了。

2. 詞語

報裝電話 bàozhuāng diànhuà	報裝電話
開通 kāitōng	開通
初裝費 chūzhuāngfèi	初裝費
主（副）機 zhǔ（fù）jī	主（副）機

長途直撥 chángtú zhíbō　　　　　　長途直撥

申請卡 shēnqǐngkǎ　　　　　　　　申請咭

3．知識要點

(1) 普通話"要不要"和粵語"使唔使"

　　粵語"使唔使"是表示正反問，這裏的"使"是需要的意思，普通話不能説"使"，應該説"要"。如"今日使唔使上班?"普通話是"今天要不要上班?"在上面的情景中最後一句"唔使"，普通話説"不用"，這裏的"不用"是"不需要"的意思。"使"在普通話裏通常表示"使令"的意思，如"使他變好"。

(2) "卡"的讀音

　　粵語"卡"只有一個讀音 kɑ¹，普通話"卡"有兩個讀音。①卡車、卡片、卡通等的"卡"讀 kǎ，第三聲。②口語音中表示夾在中間不能活動和邊關哨所的"卡"讀 qiǎ，如"發卡"、"哨卡"、"魚刺卡在喉嚨裏"。

4．練習

　　把下面的粵語説成普通話。

　　①使唔使我陪你一齊去攞錢呀？唔使喇。

　　②嗰架卡車　關卡前便停咗落嚟。

5．參考答案

　　① Yào bu yào wǒ péi nǐ yī qǐ qù qǔ qián Bù yòng le
　　　 要 不 要 我 陪 你 一 起 去 取 錢 ? 不 用 了。

　　② Nà liàng kǎchē zài guānqiǎ qián tíng le xiàlái
　　　 那 輛 卡 車 在 關 卡 前 停 了 下 來。

第三十課　遷移電話

1. 情景對話

小　劉：　Qǐngwèn　wǒ　zhǔnbèi　bān　jiā　yuánlái　de　diànhuà　yào
請問，我　準備　搬　家，原來　的　電話　要
qiānyí　zěnme　bàn　shǒuxù
遷移，怎麼　辦　手續？

服務員：　Nǐ　xiān　xiě　yī　ge　shūmiàn　shēnqǐng　gěi　diànxìnjú
你　先　寫　一　個　書面　申請　給　電信局。

小　劉：　Zhè　shì　shēnqǐngshū　dàgài　yào　děng　duō　cháng　shíjiān　cái
這　是　申請書，大概　要　等　多　長　時間　才
néng　yí　jī
能　移　機？

服務員：　Rúguǒ　xīnzhǐ　jùbèi　zhuāngjī　tiáojiàn　de　huà　sān　ge
如果　新址　具備　裝機　條件　的　話，三　個
yuè　nèi　kěyǐ　kāitōng
月　內　可以　開通。

小　劉：　Wǒ　háiyǒu　yī　jiān　diànpù　zàn　tíng　yíngyè　diànhuà　yào
我　還有　一　間　店鋪　暫　停　營業，電話　要
tíng　yòng　yī　duàn　shíjiān
停　用　一　段　時間。

服務員：　Nà　nǐ　kěyǐ　shēnqǐng　zànshí　chāi　jī　bǎoliú　diànhuà
那　你　可以　申請　暫時　拆　機，保留　電話
hàomǎ　dàn　bù　néng　chāoguò　liù　ge　yuè
號碼，但　不　能　超過　六　個　月。

2. 詞語

遷移 qiānyí　　　　　　遷移

電信局 diànxìnjú　　　　電信局

裝機 zhuāngjī　　　　　裝機

61

具備條件 jùbèi tiáojiàn　　具備條件

拆機 chāi jī　　拆機

保留號碼 bǎoliú hàomǎ　　保留號碼

暫時 zànshí　　暫時

停用 tíng yòng　　停用

3. 知識要點

普通話齊齒呼韻母（i 或以 i 起頭的韻母）的發音

　　粵方言區的人説普通話容易丟失韻頭 i，特別是 ia，iao，iang，iou，經常把這些齊齒呼韻母讀成開口呼韻母 a，ao，ang，ou。韻頭 i 的發音輕而短，一發就滑向另一個元音，但一定要讀出來。本課情景中“要（yào）”、“條件（tiáojiàn）”、“遷（qiān）”、“電（diàn）”、“間（jiān）”、“先（xiān）”、“面（miàn）”、“店（diàn）”、“家（jiā）”“留（liú）”、“六（liù）”、“寫（xiě）”的韻母都是齊齒呼。

4. 練習

　　讀下面的詞，注意齊齒呼和開口呼的區別。

掐花 qiāhuā ——插花 chāhuā　　　　夾子 jiāzi ——渣滓 zhāzǐ

截斷 jiéduàn ——折斷 zhéduàn　　　黑鞋 hēixié ——黑蛇 hēishé

條子 tiáozi ——桃子 táozi　　　　縹緲 piāomiǎo ——拋錨 pāomáo

修飾 xiūshì ——收拾 shōushí　　　舊了 jiùle ——夠了 gòule

散面 sǎnmiàn ——散漫 sǎnmàn　　　前面 qiánmian ——纏綿 chánmián

槍庫 qiāngkù ——倉庫 cāngkù　　　相信 xiāngxìn ——傷心 shāngxīn

第三十一課　打電話(一)

1. 情景對話

阿　堅：（電話響）喂，　找　哪　位？我　就是　阿　堅，你
Wei　zhǎo　nǎ　wèi　Wǒ　jiùshì　Ā　jiān　nǐ

是　阿　強　吧？
shì　Ā　qiáng　ba

阿　強：是　啊。喂，你　的　電話　真　難　打，總是
Shì　a　Wei　nǐ　de　diànhuà　zhēn　nán　dǎ　zǒngshì

忙　音。
mángyīn

阿　堅：喔，我　剛才　和　一　個　朋友　電話　閒　聊，聊
O　wǒ　gāngcái　hé　yī　ge　péngyǒu　diànhuà　xián　liáo　liáo

了　差不多　一　個　小時。哎，你　有　什麼　事兒？
le　chàbuduō　yī　ge　xiǎoshí　Ai　nǐ　yǒu　shénme　shìr

阿　強：王東　從　美國　回來，想　和　老　同學　聚
Wángdōng　cóng　Měiguó　huílái　xiǎng　hé　lǎo　tóngxué　jù

會　一下，星期天　中午　在　廣州　酒家　二
huì　yi xià　xīng qī tiān　zhōngwǔ　zài　Guǎngzhōu　Jiǔjiā　èr

樓　吃　飯。
lóu　chī　fàn

阿　堅：王東　回來　了，好　多　年　沒　見　他　了，
Wángdōng　huílái　le　hǎo　duō　nián　méi　jiàn　tā　le

到時　我　一定　去。
dàoshí　wǒ　yī dìng　qù

阿　強：我　還要　通知　其他　人，見面　再　聊　吧，
Wǒ　háiyào　tōngzhī　qí tā　rén　jiànmiàn　zài　liáo　ba

好，再見。
hǎo　zàijiàn

2. 詞語

（電話）難打 nándǎ	難打
忙音 mángyīn	忙音
電話閒聊 diànhuà xián liáo	煲電話粥
聊天 liáotiān	傾偈
通知 tōngzhī	通知
聚會 jùhuì	聚會

3. 知識要點

(1) 普通話 "聊天" 和粵語 "傾偈"

"傾偈" 是粵方言詞，不能用在普通話裏，普通話説 "聊天"、"談天"。粵語的 "傾" 單獨使用的時候是説話的意思，普通話可以説 "談" 或 "説"。如 "冇乜好傾喇"，"你同佢傾啦"，普通話是 "沒什麼好説了"，"你和他談吧"。粵語 "煲電話粥" 是指長時間用電話聊天，普通話説 "電話閒聊"。

(2) 粵語 "成日" 在普通話裏的説法

①粵語表示經常的 "成日"，普通話説 "總是"、"老是" 或 "經常"。如 "電話成日忙音"，"佢成日出差"，普通話是 "電話老是忙音"，"他經常出差"。②表示一整天的 "成日" 普通話説 "整天"、"成天"，如 "做咗成日"，普通話是 "做了一整天"。

4. 練習

把下面的粵語説成普通話。

①我哋成日見面嘅，見親都傾偈㗎。

②我今日想搵你傾吓嘅，但係成日都搵唔到你。

5. 參考答案

① Wǒmen jīngcháng jiànmian jiàn le zǒng yào liáotiān de
我們　經常　見面，見了　總要　聊天　的。

② Wǒ jīntiān xiǎng zhǎo nǐ tántan de dàn zhěngtiān dōu zhǎo
我　今天　想　找　你　談談　的，但　整天　都　找
budào nǐ
不到　你。

第三十二課　打電話(二)

1. 情景對話

小張：(尋呼機響) 小王，你的移動電話借我
_{Xiǎo Wáng nǐ de yídòng diànhuà jiè wǒ}
用一下可以嗎？我要覆機。
_{yòng yíxià kěyǐ ma Wǒ yào fù jī}

小王：可以，用吧。
_{Kěyǐ yòng ba}

小張：(打電話) 喂，是誰呼我？
_{Wei shì shuí hū wǒ}

小李：是張先生嗎？我姓李，昨天和你
_{Shì Zhāng xiānsheng ma Wǒ xìng Lǐ zuótiān hé nǐ}
談的事怎么樣啊？
_{tán de shì zěnmeyàng a}

小張：我們經理讓你直接和他通電話，他
_{Wǒmen jīnglǐ ràng nǐ zhíjiē hé tā tōng diànhuà tā}
在上海，電話是，區號 021，號碼 2
_{zài Shànghǎi diànhuà shì qūhào líng-èr-yī hàomǎ èr-}
1003399。
_{yī-línglíngsānsānjiǔjiǔ}

小李：好，謝謝。
_{Hǎo xièxie}

2. 詞語

尋呼機 xúnhūjī　　　　傳呼機、Call 機、BB 機

覆機 fù jī　　　　　　覆機

移動電話 yídòng diànhuà　　手提電話、手機、大哥大

區號 qūhào　　　　　區號

65

3．知識要點
粵語和普通話"移動電話"、"尋呼機"的説法

　　"移動電話"粵語通常説"手機"、"大哥大"，現在普通話也常説"手機"、"大哥大"。"尋呼機"粵語説"Call機"、"BB機"，普通話説"尋呼機"或"呼機"。"Call機"是粵語中的外來語，這個"Call"是"呼"的意思，普通話説"BB機"或"BP機"是摹擬尋呼機的聲音來構詞的，在規範的普通話裏一般不使用"Call機"、"BB機"的説法。

4．練習

　　把下面的粵語説成普通話。

　　①我買咗部大哥大，有人Call我時覆機唔使周圍揾電話嘞。

　　②唔好意思，BB機響咗，我去覆機先。

5．參考答案

①
Wǒ	mǎi	le	yī	bù	yí dòng	diànhuà	yǒu	rén	hū	wǒ	de	shí
我	買	了	一	部	移動	電話，	有	人	呼	我	的	時

hòu	fù	jī	bù	yòng	dàochù	zhǎo	diànhuà
候	覆	機	不	用	到處	找	電話。

②
Duìbu qǐ	hū jī	xiǎng	le	wǒ	xiān	qù	fù	jī
對不起，	呼機	響	了，	我	先	去	覆	機。

第三十三課　交電話費

1. 情景對話

小王：我今天去交電話費，又排了二十分
　　　鐘隊，每個月都是這樣，真麻煩。

小李：你何必個個月去交費呢？像我家
　　　那樣多好，一個電話就辦妥了。

小王：用電話怎麼交費呢？

小李：很簡單的，按照操作程序按電話鍵
　　　就行了。

小王：那是不是要先到電信局交一筆
　　　錢？

小李：你去辦郵政儲蓄手續就可以用電
　　　話交費了，省時又省力。

2. 詞語

交費 jiāo fèi	交錢
排隊 páiduì	排隊
麻煩 máfan	麻煩

簡單 jiǎndān　　　　　　　　簡單

辦妥 bàntuǒ　　　　　　　　搞掂

按鍵 àn jiàn　　　　　　　　**撳掣**

省 shěng　　　　　　　　　　慳

郵政儲蓄 yóuzhèng chǔxù　　郵政儲蓄

按照 ànzhào　　　　　　　　按照，照住

操作程序 cāozuò chéngxù　　操作程序

3. 知識要點

(1) 普通話"行"、"妥"、"好"和粵語"掂"

　　"掂"、"搞掂"、"唔掂"是粵方言詞，不能用在普通話裏，"掂"是"行"、"好了"的意思，普通話可根據具體語境説"行"、"妥"、"好了"等詞。如"搞掂囉。""噉做唔掂嘅嗰。""噉大個箱用單車搭掂唔掂呀?"普通話是"都辦好了。""這樣做不妥當。""這麼大的箱子用自行車載行不行啊?"

(2) 粵語"慳"和普通話"省"

　　粵語"慳"是方言詞，在普通話裏不能使用，普通話應該説"省"、"節省"。如"慳時慳力"，"佢好慳嘅"，普通話是"省時省力"，"他很節省的"。

4. 練習

　　把下面的粵語説成普通話。

　　①電視機壞咗，自己又整唔掂，想慳番啲維修費都唔得喇。

　　②冷凍食品買番嚟一熱就掂喇，幾慳工夫。

5. 參考答案

　　① 　Diànshì jī huài le zì jǐ yòu xiū bù hǎo xiǎng jiéshěng diǎn
　　　　電視機　壞　了，自己　又　修　不　好，想　節省　點
　　　　wéixiūfèi dōu bù xíng le
　　　　維修費　都　不　行　了。

　　② 　Lěngdòng shípǐn mǎi huílai yī rè jiù xíng duō shěng shìr
　　　　冷凍　食品　買　回來　一　熱　就　行，多　省　事兒。

68

第三十四課　報修故障

1. 情景對話

小　王：（撥 112）喂，是電話局故障台嗎？我的電話出了故障。
Wei shì diànhuà jú gùzhàng tái ma wǒ de diànhuà chū le gùzhàng

服務員：是什麼問題呢？
Shì shénme wèntí ne

小　王：電話能打進來，但打不出去。
Diànhuà néng dǎ jìnlai dàn dǎ bù chūqu

服務員：你拿起電話時有沒有"嗡"的撥號音？
Nǐ ná qi diànhuà shí yǒu méiyǒu "wēng" de bōhào yīn

小　王：什麼聲音都沒有。
Shénme shēngyīn dōu méiyǒu

服務員：請你留下地址，我們會盡快派人上門維修。
Qǐng nǐ liúxia dìzhǐ wǒmen huì jìnkuài pài rén shàng mén wéixiū

2. 詞語

故障 gùzhàng	故障
維修 wéixiū	維修
問題 wèntí	問題
聲音 shēngyīn	聲
撥號音 bōhàoyīn	撥號音

69

留下 liúxia   留低

3．知識要點

(1) 普通話的"留下"和粵語的"留低"

　　粵語"留低"、"坐低"、"放低"，普通話是"留下"、"坐下"、"放下"。粵語中"留"和"樓"同音，粵方言區的人講普通話經常把"留"讀成"樓"。"留"讀 liú，韻母是齊齒呼，"樓"讀 lóu，韻母是開口呼。

(2) 普通話"進"和粵語"入"

　　普通話"進"的意思，粵語經常說"入"而較少說"進"，如"電話打唔入去"，"入去睇吓"，普通話是"電話打不進去"，"進去看看"。粵語"入"可以單獨使用，如"入唔入得?"普通話"入"較少單獨使用，一般用在合成詞中，如"入門"、"入侵"、"入院"。講粵語的人說普通話時經常把"入"錯讀成 yù，"入"正確讀音是 rù。

4．練習

　　把下面的粵語說成普通話。

　　①佢地入曬場喇，就剩低你一個喇。

　　②我留低封信喺樓下傳達室，你入去攞喇。

5．參考答案

　　　　Tāmen dōu jìn chǎng le jiù shèngxia nǐ yī ge le
　①　他們　都　進　場　了，就　剩下　你　一　個　了。

　　　　Wǒ liúxia yī fēng xìn zài lóuxia chuándáshì nǐ jìnqu ná
　②　我　留下　一　封　信　在　樓下　傳達室，你　進去　拿

　　　　ba
　　　　吧。

第三十五課　發電報

1. 情景對話

小　張：Qǐngwèn fā wǎng Hā'ěrbīn de diànbào shénme shíhòu néng
請問　發往　哈爾濱　的　電報　什麼　時候　能
shōudào
收到？

服務員：Pǔtōng diànbào dì èr tiān shōudào, jiā jí diànbào liù
普通　電報　第　二　天　收到，加急　電報　六
xiǎoshí shōudào
小時　收到。

小　張：Nà jiù fā jiā jí de ba
那　就　發　加急　的　吧。

服務員：Nǐ de diànwén tài cháng le qǐng gǎi yi xià jìn liàng
你　的　電文　太　長　了，請　改　一下，盡量
jiǎnduǎn xiē
簡短　些。

小　張：Qǐng zài gěi wǒ yī zhāng diànbàodān ba
請　再　給　我　一　張　電報單　吧。

服務員：Zì yào xiě qīngchǔ yī diǎnr bù rán de huà fā bào
字　要　寫　清楚　一點兒　不　然　的　話　發　報
shí róng yì chūcuò
時　容易　出錯。

2. 詞語

發電報 fā diànbào　　　　　打電報
電文 diànwén　　　　　　　電文
普通 pǔtōng　　　　　　　　普通
加急 jiājí　　　　　　　　　加急

71

簡短 jiǎnduǎn	簡短
清楚 qīngchǔ	清楚

3．知識要點

粵語"啲"在普通話裏的説法

　　"啲"是方言詞，在粵語裏有多個義項，説普通話時要根據具體語境選用不同的詞。①表示少量的，普通話説"一點兒"、"一些"。如"寫清楚啲"，"簡單啲"，普通話是"寫清楚一點兒"，"簡單些"。②表示不定的數量，普通話説"些"。如"有啲人走咗喇。""呢啲衫係邊個㗎?"普通話是"有些人走了。""這些衣服是誰的?"③人名或人稱代詞做定語"啲"放在定語後，定語和中心詞之間是領屬關係的，(粵語也説"嘅")普通話説"的"。如"你啲電文長得滯。"普通話是"你的電文太長了。"④單獨放在名詞前面表示特指，普通話説"這些"、"那些"，也可以直接説名詞。如"啲菜喺邊度買㗎?""啲字要寫清楚。"普通話是"這些菜在哪兒買的?""字要寫清楚。"

4．練習

　　把下面的粵語説成普通話。

　　①你啲書亂咁擺，放好啲得唔得呀?

　　②啲材料放喺台度，邊啲唔清楚嘅你揀出嚟啦。

5．參考答案

　　① Nǐ de shū dàochù luàn bǎi fànghǎo yī diǎnr xíng bu xíng?
　　　 你 的 書 到 處 亂 擺，放 好 一 點 行 不 行?

　　② Cáiliào fàngzai zhuō zi shang nǎ xiē bù qīngchǔ de nǐ tiāo
　　　 材 料 放 在 桌 子 上，哪 些 不 清 楚 的 你 挑
　　　 chūlai ba
　　　 出 來 吧。

第三十六課　發傳真

1. 情景對話

小　劉： Wáng jīng lǐ wǒ xiǎng xiān kànkan nǐ men de chánpǐn
王　經理，我　想　先　看看　你們　的　產品
de xiáng xì zī liào zài kǎo lù dìng huò
的　詳細　資料，再　考慮　定貨。

王經理： Kě yǐ nǐ shénme shíhòu yào zī liào
可以，你　什麼　時候　要　資料？

小　劉： Dāngrán shì yuè kuài yuè hǎo le
當然　是　越　快　越　好　了。

王經理： Nà wǒ fā chuánzhēn gěi nǐ ba
那　我　發　傳真　給　你　吧。

小　劉： Chuánzhēn zuì hǎo le yòu kuài yòu wěntuǒ
傳真　最　好　了，又　快　又　穩妥。

王經理： Wǒ xiànzài huí gōngsī mǎshang bǎ zī liào chuánzhēn guò
我　現在　回　公司　馬上　把　資料　傳真　過
qu
去。

2. 詞語

發傳真 fā chuánzhēn　　　　　發傳真

越快越好 yuè kuài yuè hǎo　　　越快越好

穩妥 wěntuǒ　　　　　　　　穩陣

3. 知識要點

(1) 普通話"又……又……"和粵語"夾"

　　粵語"夾"作連詞用的時候，普通話説"又……又……"，如"便夾靚"，
普通話是"又便宜又好"。"夾"作動詞用的時候是"湊"、"聚"等意思，普

通話説 "凑"、"合"、"一齊" 等，例如 "夾計整古佢"，"夾手夾脚"，普通話
是 "合謀捉弄他"，"一齊動手"。

(2) 普通話 "穩妥"、"保險" 和粵語 "穩陣"

　　"穩陣" 是粵方言詞，不能用在普通話裏，普通話説 "穩妥"、"穩當" 或
"保險"。例如："又快又穩陣。""嗽多錢放入銀行穩陣啲喇。"普通話是 "又
快又穩妥。""這麽多錢放進銀行保險些。""穩陣" 還有 "注意"、"小心" 的
意思，如 "帶咁多錢出街要穩陣啲至好"，普通話是 "帶這麽多錢上街要注
意點兒才好"。

4. 練習

　　把下面的粵語説成普通話。

　　①坐高速列車快夾舒服。

　　②小李，你係唔係要發傳真呀？係呀，呢份材料要即刻傳真過去。

5. 參考答案

　　　Zuò　gāo　sù　lièchē　yòu　kuài　yòu　shūfu
　① 坐　高　速　列車　又　快　又　舒服。

　　　Xiǎo　Lǐ　nǐ　shì　bu　shì　yào　fā　chuánzhēn　Shì　a　zhè　fèn
　② 小　李，你　是　不　是　要　發　傳真？是　啊，這　份

　　　cáiliào　yào　lì　kè　chuánzhēn　guòqu
　　材料　要　立　刻　傳真　過去。

金 融

第三十七課　去銀行

1. 情景對話

小　李：小　張，你　到　哪兒　去？
Xiǎo zhāng nǐ dào nǎr qù

小　張：我　到　銀行　去　辦　點　事，你　呢？
Wǒ dào yínháng qù bàn diǎn shì nǐ ne

小　李：我　想　買　國庫券，去　了　附近　幾　家　農業　銀行　和　建設　銀行　的　儲蓄所，都　說　沒　賣　的。
Wǒ xiǎng mǎi guókùquàn qù le fùjìn jǐ jiā Nóngyè Yínháng hé Jiànshè Yínháng de chǔxùsuǒ dōu shuō méi mài de

小　張：火車站　附近　那　家　工商　銀行　可能　有，你　去　看看　吧。
Huǒchēzhàn fùjìn nà jiā Gōngshāng Yínháng kěnéng yǒu nǐ qù kànkan ba

小　李：我　剛才　去過　了，那裏　也　沒有。你　去　哪　家　銀行？
Wǒ gāngcái qùguo le nà lǐ yě méiyǒu Nǐ qù nǎ jiā yínháng

小　張：我　去　中國　銀行　東山　分行，我　替　你　問問　那裏　有　沒有　國庫券　賣　吧。
Wǒ qù Zhōngguó Yínháng Dōngshān Fēnháng wǒ tì nǐ wènwen nà lǐ yǒu méiyǒu guókùquàn mài ba

75

2．詞語

中國銀行 Zhōngguó Yínháng	中國銀行
農業銀行 Nóngyè Yínháng	農業銀行
儲蓄所 chǔxùsuǒ	儲蓄所
工商銀行 Gōngshāng Yínháng	工商銀行
建設銀行 Jiànshè Yínháng	建設銀行
分行 fénháng	分行

3．知識要點

(1) 普通話"剛才"和粵語"頭先"

表示說話前不久的時間，粵語說"頭先"、"啱先"、"啱啱"，它們都是方言詞，不能用在普通話裏，普通話要說"剛才"、"剛剛"。如"我頭先去過喇"，"啱先睇完"，普通話是"我剛才去過了"，"剛剛看完"。

(2) 普通話"沒有"和粵語"冇"

粵語"冇"普通話說"沒有"、"沒"。例如，"冇得賣"，"冇條件"，普通話是"沒賣的"，"沒有條件"。

4．練習

把下面的粵語說成普通話。

①頭先討論嘅問題你重有冇其他意見？冇喇。

②佢啱先重喺度㗎，你冇見到佢咩？

5．參考答案

Gāngcái tǎolùn de wèntí nǐ hái yǒu méiyǒu qí tā yìjiàn

① 剛才 討論 的 問題 你 還 有 沒有 其他 意見？

Méiyǒu le

沒有 了。

Tā gānggang hái zài zhèr nǐ méi kànjian tā ma

② 他 剛剛 還 在 這兒，你 沒 看見 他 嗎？

第三十八課 存 款

1. 情景對話

小 李：<ruby>請<rt>Qǐng</rt></ruby><ruby>問<rt>wèn</rt></ruby>，<ruby>大<rt>dà'</rt></ruby><ruby>額<rt>é</rt></ruby> <ruby>定<rt>dìng</rt></ruby><ruby>期<rt>qī</rt></ruby> <ruby>和<rt>hé</rt></ruby> <ruby>普<rt>pǔ</rt></ruby><ruby>通<rt>tōng</rt></ruby> <ruby>定<rt>dìng</rt></ruby><ruby>期<rt>qī</rt></ruby> <ruby>存<rt>cún</rt></ruby><ruby>款<rt>kuǎn</rt></ruby> <ruby>哪<rt>nǎ</rt></ruby> <ruby>種<rt>zhǒng</rt></ruby> <ruby>利<rt>lì</rt></ruby><ruby>息<rt>xī</rt></ruby> <ruby>高<rt>gāo</rt></ruby> <ruby>些<rt>xiē</rt></ruby>？

服務員：<ruby>當<rt>Dāng</rt></ruby><ruby>然<rt>rán</rt></ruby> <ruby>是<rt>shì</rt></ruby> <ruby>大<rt>dà'</rt></ruby><ruby>額<rt>é</rt></ruby> <ruby>定<rt>dìng</rt></ruby><ruby>期<rt>qī</rt></ruby> <ruby>高<rt>gāo</rt></ruby> <ruby>了<rt>le</rt></ruby>。

小 李：<ruby>這<rt>Zhè</rt></ruby> <ruby>一<rt>yī</rt></ruby><ruby>萬<rt>wàn</rt></ruby> <ruby>元<rt>yuán</rt></ruby> <ruby>存<rt>cún</rt></ruby> <ruby>三<rt>sān</rt></ruby> <ruby>年<rt>nián</rt></ruby> <ruby>大<rt>dà'</rt></ruby><ruby>額<rt>é</rt></ruby> <ruby>定<rt>dìng</rt></ruby><ruby>期<rt>qī</rt></ruby> <ruby>吧<rt>ba</rt></ruby>。

服務員：<ruby>大<rt>Dà'</rt></ruby><ruby>額<rt>é</rt></ruby> <ruby>定<rt>dìng</rt></ruby><ruby>期<rt>qī</rt></ruby> <ruby>存<rt>cún</rt></ruby><ruby>期<rt>qī</rt></ruby> <ruby>最<rt>zuì</rt></ruby> <ruby>長<rt>cháng</rt></ruby> <ruby>是<rt>shì</rt></ruby> <ruby>一<rt>yī</rt></ruby> <ruby>年<rt>nián</rt></ruby>，<ruby>你<rt>nǐ</rt></ruby> <ruby>如<rt>rú</rt></ruby><ruby>果<rt>guǒ</rt></ruby> <ruby>想<rt>xiǎng</rt></ruby> <ruby>存<rt>cún</rt></ruby> <ruby>三<rt>sān</rt></ruby> <ruby>年<rt>nián</rt></ruby> <ruby>改<rt>gǎi</rt></ruby> <ruby>普通定期<rt>pǔtōngdìngqī</rt></ruby> <ruby>吧<rt>ba</rt></ruby>。

小 李：<ruby>還<rt>Hái</rt></ruby><ruby>是<rt>shì</rt></ruby> <ruby>存<rt>cún</rt></ruby> <ruby>大<rt>dà'</rt></ruby><ruby>額<rt>é</rt></ruby> <ruby>定<rt>dìng</rt></ruby><ruby>期<rt>qī</rt></ruby> <ruby>吧<rt>ba</rt></ruby>，<ruby>改<rt>gǎi</rt></ruby><ruby>爲<rt>wéi</rt></ruby> <ruby>一<rt>yī</rt></ruby> <ruby>年<rt>nián</rt></ruby> <ruby>期<rt>qī</rt></ruby> <ruby>的<rt>de</rt></ruby>。

服務員：<ruby>存<rt>Cún</rt></ruby><ruby>款<rt>kuǎn</rt></ruby><ruby>單<rt>dān</rt></ruby> <ruby>不<rt>bù</rt></ruby> <ruby>能<rt>néng</rt></ruby> <ruby>塗<rt>tú</rt></ruby><ruby>改<rt>gǎi</rt></ruby>，<ruby>你<rt>nǐ</rt></ruby> <ruby>重<rt>chóng</rt></ruby><ruby>新<rt>xīn</rt></ruby> <ruby>寫<rt>xiě</rt></ruby> <ruby>一<rt>yī</rt></ruby> <ruby>張<rt>zhāng</rt></ruby> <ruby>吧<rt>ba</rt></ruby>。

2. 詞語

存款 cún kuǎn	存錢
大額定期 dà'é dìngqī	定期
利息 lìxī	利息
塗改 túgǎi	改

3. 知識要點

(1) 普通話"當然"和粵語"哽係"

　　"哽係"在粵語中有"肯定的"、"應當這樣的"意思，它不能用在普通話裏，普通話說"當然"、"當然是"。如"哽係定期利息高啦"，"你去哽係好過佢去啦"，普通話是"當然是定期利息高"，"你去當然比他去要好"。

(2) 普通話"重新做"和粵語"做過"

　　表示從頭另行開始的動作，粵語是"動詞 + 過"，或者是"重新 + 動詞 + 過"。如"寫過一張啦"，"重新玩過"。普通話表達這樣語法意義不用這種句式而用"重新 + 動詞"或"重 + 動詞"句式，如"重寫一張"，"重新玩"。

4. 練習

　　把下面的粵語說成普通話。

　　① 用嗰細嘅袋哽係裝唔落啦，攞過一個大啲嘅袋裝啦。

　　② 呢幅畫畫得唔好，我重新畫過幅。

5. 參考答案

　　① 用 這麼 小 的 袋子 當然 裝 不 下，重新
　　Yòng zhème xiǎo de dài zi dāngrán zhuāng bù xià chóngxīn

　　拿 一個 大 點 的 袋子 裝 吧。
　　ná yī ge dà diǎnr de dài zi zhuāng ba

　　② 這 幅 畫 畫 得 不 好，我 重新 畫 一 幅。
　　Zhè fú huà huà de bù bǎo wǒ chóngxīn huà yī fú

第三十九課　取　款

1. 情景對話

小　李：Xiǎojiě wǒ zhè bǐ dìngqī cúnkuǎn yǐjīng guò le
　　　　小姐，我這筆定期存款已經過了
　　　　qī lìxī zěnme suàn
　　　　期，利息怎麼算？

服務員：Guòqī bùfēn àn huóqī lìxī jìsuàn
　　　　過期部分按活期利息計算。

小　李：Dàoqī de zhè bǐ qián quánbù qǔ chūlai háiyǒu yī
　　　　到期的這筆錢全部取出來，還有一
　　　　bǐ méi dàoqī de wǒ xiǎng tíqián zhīqǔ
　　　　筆沒到期的我想提前支取。

服務員：Tíqián zhīqǔ lìxī àn huóqī jìsuàn yào píng shēn
　　　　提前支取利息按活期計算，要憑身
　　　　fènzhèng lǐngqǔ
　　　　份證領取。

小　李：Zhèshì shēnfènzhèng
　　　　這是身份證。

服務員：Qǐng shūrù mìmǎ
　　　　請輸入密碼。

2. 詞語

取款 qǔ kuǎn	攞錢
活期 huó qī	活期
過期 guò qī	過期
提前支取 tíqián zhīqǔ	提前攞
計算 jìsuàn	計

79

輸入密碼 shūrù mìmǎ　　　　　輸入密碼

3．知識要點

(1) 普通話"取"和粵語"攞"

粵語"攞"作動詞用的時候，普通話說"取"、"拿"，如"攞錢"，"攞本書畀我"，普通話是"取錢（款）"，"拿本書給我"。"攞"作介詞的時候，普通話說"用"、"以"，如"攞佢做樣"，普通話是"以他做樣子"。

(2) 普通話"計算"和粵語"計"

動詞"計"，粵語可以單獨使用，普通話一般不單獨使用而說"計算"，單獨使用則說"算"，粵語也可以單獨說"算"。如："利息點計?""你計計剩番幾多錢。"普通話是"利息怎麼計算?""你算一算剩下多少錢。"

4．練習

把下面的粵語說成普通話。

①呢幾張存款單嘅利息，你計吓一共係幾多錢?

②你幫我計計裝修約莫要幾多錢。

5．參考答案

①
Zhè jǐ zhāng cúnkuǎndān de lì xī nǐ suànsuan yī gòng shì
這 幾 張 存款單 的 利息，你 算算 一共 是
duōshǎo qián
多少 錢?

②
Nǐ tì wǒ jìsuàn yīxià zhuāngxiū dàgài yào duōshǎo qián
你 替 我 計算 一下 裝修 大概 要 多少 錢?

第四十課 貸款

1. 情景對話

妹妹： Jiějie wǒ mǎi fángzi hái chà wǔwàn yuán nǐ néng bu néng xiān jiè gěi wǒ
姐姐，我 買 房子 還 差 五萬 元，你 能 不 能 先 借 給 我？

姐姐： Wǒ de cúnkuǎn hái chà bàn nián cái dào qī tí qián zhīqǔ yào kuī hěn duō lìxī de Nǐ xiàng yínháng dàikuǎn ba
我 的 存款 還 差 半 年 才 到 期，提 前 支取 要 虧 很 多 利息 的。你 向 銀 行 貸款 吧。

妹妹： Yínháng kěyǐ dài kuǎn gěi gèrén ma
銀行 可以 貸 款 給 個人 嗎？

姐姐： Kěyǐ yòng wǒ de dìngqī cúnkuǎn zuò dǐyā dānbǎo
可以，用 我 的 定期 存款 作 抵押 擔保。

妹妹： Dài kuǎn lìxī zěnme suàn
貸 款 利息 怎麼 算？

姐姐： Àn tóng dàngcì liúdòng zījīn dài kuǎn lìlù jìsuàn
按 同 檔次 流動 資金 貸 款 利率 計 算。

2. 詞語

貸款 dài kuǎn	貸款
抵押 dǐyā	抵押
利率 lìlù	利率
個人 gèrén	私人

擔保 dānbǎo 　　　　　　擔保

檔次 dàngcì 　　　　　　檔次

流動資金 liúdòng zījīn 　　流動資金

3．知識要點

(1) 普通話 "差" 和粵語 "差"、"爭"

　　表示還有一段差距或欠缺，粵語説 "差"、"爭"，普通話説 "差"、"欠" 不説 "爭"。如 "重差五萬蚊先够"，"爭住你五十蚊先"，普通話是 "還差五萬元才够"，"先欠你五十元"。"差" 在普通話中是多音字：①表示不相同、不相合，讀 chā，如 "差距"、"差別"。②表示欠缺、不好，讀 chà，如 "錢還差一些"，"質量太差"。③表示派遣去做事，讀 chāi，如 "出差"、"差事"。④表示長短、大小不齊的單純詞 "參差"，讀 cēncī。

(2) 普通話的 "支取" 和粵語的 "攞"

　　銀行常用語 "支取"，粵語説 "攞"，如 "未到期嘅錢提前攞"，普通話是 "沒到期的錢提前支取"。

4．練習

　　把下面的粵語説成普通話。

　　①你盤賬爭咗三千蚊，你睇吓係邊度出咗差錯喇。

　　②我即刻要出差，呢啲材料整理得差唔多喇，你睇睇先喇。

5．參考答案

　　①
Nǐ	de	zhàng	chà	le	sānqiān	yuán	nǐ	kànkan	shì	nǎ lǐ
你	的	賬	差	了	三千	元 ，	你	看看	是	哪裏

chū	le	chācuò
出	了	差錯？

　　②
Wǒ	mǎshàng	yào	chūchāi	zhèxiē	cáiliào	zhěng lǐ	de	chà	bu
我	馬上	要	出差，	這些	材料	整理	得	差	不

duō	le	nǐ	xiān	kànkan	ba
多	了，	你	先	看看	吧。

第四十一課　存摺掛失

1. 情景對話

小　王：我 的 存摺 不 見 了，要 辦 掛失 手續。
Wǒ de cúnzhé bù jiàn le yào bàn guàshī shǒuxù

服務員：什麼 時候 丟失 的? 你 記 得 存摺 賬號
Shénme shíhòu diūshī de Nǐ jì de cúnzhé zhànghào
嗎?
ma

小　王：今天 上午 丟 的，賬號 我 記 得。
Jīntiān shàngwǔ diū de zhànghào wǒ jì de

服務員：你 填 一 張 掛失單，帶上 身份證 和
Nǐ tián yī zhāng guàshīdān dàishàng shēnfènzhèng hé
戶口本 的 正本 和 複印件 來 辦理 掛失
hùkǒuběn de zhèngběn hé fùyìjiàn lái bànlǐ guàshī
手續。
shǒuxù

小　王：什麼 時候 補領 新 存摺?
Shénme shíhòu bǔlǐng xīn cúnzhé

服務員：如果 掛失 前 沒有 被 人 冒領 的 話，
Rúguǒ guàshī qián méiyǒu bèi rén màolǐng de huà
七 天 以後 辦理 掛失 結清 手續。
qī tiān yǐhòu bànlǐ guàshī jiéqīng shǒuxù

2. 詞語

掛失 guàshī	掛失
丟失 diūshī	唔見
正本 zhèngběn	正本
冒領 màolǐng	冒領

存摺賬號 cúnzhé zhànghào　　　存摺賬號

戶口本 hùkǒuběn　　　　　　戶口簿

複印件 fùyìnjiàn　　　　　　複印件

結清 jiéqīng　　　　　　　　結清

3. 知識要點

(1) 普通話 "了" 和粵語 "咗"

"咗" 是粵方言的動態助詞，用在動詞或形容詞後面，表示動作或變化已經完成，普通話説 "了"。如 "唔見咗"，"病好咗"，普通話是 "不見了"，"病好了"。

(2) 普通話韻母 ɑo 和粵語韻母 ou

粵語有些韻母是 ou 的字，在普通話中要把韻母改爲 ɑo，講粵語的人説普通話時經常會把這些韻母 ɑo 錯讀成 ou，如把 bàogào（報告）讀成 bòugòu，要注意這些字的正確讀音。本課 "情景" 中的 "號（hào）"、"道（dào）"、"冒（mào）" 普通話韻母都是 ɑo。

4. 練習

讀下面的詞，注意韻母的區別。

小島 xiǎodǎo ——小斗 Xiǎodǒu　　　　好笑 hǎoxiào ——吼叫 hǒujiào

毛利 máolì ——牟利 móulì　　　　　　老人 lǎorén ——摟人 lǒurén

大道 dàdào ——大豆 dàdòu　　　　　　早到 zǎodào ——走道 zǒudào

牢房 láofáng ——樓房 lóufáng　　　　桃子 táozi ——頭子 tóuzi

第四十二課　兌換外幣

1. 情景對話

小　王：小姐，請問　港幣　兌換　人民幣　怎麼　計
Xiǎo jiě qǐng wèn Gǎng bì duì huàn Rénmín bì zěn me jì
算　呢？
suàn ne

服務員：今天　的　兌換率　是　1:1.08　，你　想
Jīn tiān de duì huàn lù shì yī bǐ yī diǎn líng bā nǐ xiǎng
換　多少？
huàn duō shǎo

小　王：換　一千　元　港幣。
Huàn yī qiān yuán Gǎng bì

服務員：喏，這是　一千　零　八十　元　人民幣。
Nuo zhè shì yī qiān líng bā shí yuán Rénmín bì

小　王：這些　都是　大　鈔，不　好　用，麻煩　你　給
Zhè xiē dōu shì dà chāo bù hǎo yòng máfan nǐ gěi
我　換　點　零錢　吧。
wǒ huàn diǎn língqián ba

服務員：喏，這是　二十　元　零錢，其中　有　十　個
Nuo zhè shì èr shí yuán língqián qí zhōng yǒu shí ge
硬幣，你　數　一　數　吧。
yìng bì nǐ shǔ yi shǔ ba

2. 詞語

兌換外幣 duìhuàn wài bì　　　　換外幣

人民幣 Rénmínbì　　　　　　　人民幣

兌換率 duìhuànlù　　　　　　　兌換率

零錢 língqián　　　　　　　　　散紙，碎紙

港幣 Gǎngbì	港紙
鈔票 chāopiào	銀紙
大鈔 dà chāo	大紙
硬幣 yìngbì	銀仔

3. 知識要點

(1) 普通話 "鈔票"、"換零錢" 和粵語 "銀紙"、"暢散紙"

貨幣表示方法除了第二十一課介紹的 "元"、"角"、"分" 等之外，普通話和粵語還有其他方面的差異。粵語的 "銀紙" 普通話說 "鈔票"。"大紙" 普通話說 "大鈔"。"碎紙"、"散紙" 普通話說 零錢"、"零鈔"，粵語 "暢散紙" 普通話說 "換零錢"。"銀仔" 普通話說 "硬幣"。"港紙" 普通話說 "港幣"。

(2) 普通話 "喏" 和粵語 "喺"

"喺" 是粵語用在句子開頭的嘆詞，表示讓人注意自己所指示的事物，普通話說 "喏"。如："喺，呢度係二十蚊散紙。" 普通話是 "喏，這是二十元零錢。"

4. 練習

把下面的粵語說成普通話。

① "喺"，呢一千蚊美金係換港紙嘅。

②我有散紙贖畀你，你有冇碎紙呀？銀仔都得。

5. 參考答案

①
Nuo zhè yī qiān yuán Měijīn shì duìhuàn Gǎngbì de
喏，這 一 千 元 美金 是 兌換 港幣 的。

②
Wǒ méi língqián zhǎo nǐ nǐ yǒu méiyǒu língqián Yǒu yìngbì
我 沒 零錢 找 你，你 有 沒有 零錢？有 硬幣
yě xíng
也 行。

第四十三課　使用支票

1. 情景對話

售貨員：先生，你買的教學儀器一共是三萬
Xiānsheng nǐ mǎi de jiàoxué yí qì yī gòng shì sānwàn
一千二百元，請問你是付現金還是
yī qiān èr bǎi yuán qǐngwèn nǐ shì fù xiànjīn háishì
用支票？
yòng zhīpiào

小　王：我用支票，這是轉賬支票。
Wǒ yòng zhīpiào zhè shì zhuǎnzhàng zhīpiào

售貨員：用支票要過幾天才能提貨。
Yòng zhīpiào yào guò jǐ tiān cái néng tí huò

小　王：爲什麼現在不能提貨？
Wèi shénme xiànzài bù néng tí huò

售貨員：支票我們要到銀行去確認，等劃
Zhīpiào wǒmen yào dào yínháng qù quèrèn děng huà
賬以後就可以提貨了。
zhàng yǐhòu jiù kě yǐ tí huò le

小　王：那你先給我發票和提貨單。
Nà nǐ xiān gěi wǒ fāpiào hé tí huòdān

2. 詞語

使用支票 shǐyòng zhīpiào	使用支票
轉賬 zhuǎn zhàng	轉賬
劃賬 huà zhàng	劃賬
現金 xiànjīn	現金
確認 quèrèn	確認

發票 fāpiào   發票

3. 知識要點
普通話 zh，z，j 三組聲母的區別

　　普通話的 zh，ch，sh，z，c，s 和 j，q，x 這三組聲母在粵語中沒有跟它們相對應的三組聲母，因此說粵語的人講普通話時會經常將它們混淆。把舌尖後音 zh 和舌尖前音 z 讀成近似舌面音 j 是常出現的錯誤之一，如把"支（zhī）"讀成 jī。"轉（zhuǎn）"讀成 juǎn。"字（zi）"讀成 jì。普通話 j，q，x 這組聲母只跟齊齒呼和撮口呼韻母相拼，如"教（jiāo）"。而聲母 zh，ch，sh，r，z，c，s，卻不能與齊齒呼和撮口呼韻母相拼。

4. 練習
　　讀下面的詞，注意聲母的區別。

召集 zhàojí ——焦急 jiāojí　　　　投資 tóuzī ——投機 tóujī

雜技 zájì ——夾寄 jiājì　　　　　　船長 chuánzhǎng ——船槳 chuánjiǎng

專款 zhuānkuǎn ——捐款 juānkuǎn　　招待 zhāodài ——交代 jiāodài

髒水 zāngshuǐ ——江水 jiāngshuǐ　　自覺 zìjué ——拒絕 jùjué

家長 jiāzhǎng ——嘉獎 jiājiǎng　　　存摺 cúnzhé ——純潔 chúnjié

第四十四課　買債券

1. 情景對話

小張：小王，你知不知道哪裏有債券賣？
Xiǎo Wáng nǐ zhī bu zhīdào nǎ lǐ yǒu zhàiquàn mài

小王：火車站對面那家信託投資公司就有賣的。
Huǒchēzhàn duìmiàn nà jiā xìntuō tóuzī gōngsī jiù yǒu mài de

小張：是什麼債券？利息高不高？
Shì shénme zhàiquàn lì xī gāo bu gāo

小王：是地鐵債券，兩年期的，年息百分之十一。
Shì dì tiě zhàiquàn liǎng nián qī de nián xī bǎifēn zhīshí yī

小張：比銀行存款利息高百分之三十，那頂合算的。
Bǐ yínháng cún kuǎn lì xī gāo bǎifēn zhī sānshí nà dǐng hésuàn de

小王：地鐵是市政府重點建設項目，投資風險也小，當然劃得來。
Dìtiě shì shìzhèngfǔ zhòngdiǎn jiànshè xiàngmù tóuzī fēngxiǎn yě xiǎo dāngrán huádelái

2. 詞語

債券 zhàiquàn　　　　　　　債券
買賣 mǎi mài　　　　　　　　買賣

信託投資公司 xìntuō tóuzī gōngsī　　信託投資公司
風險小（大）fēngxiǎn xiǎo（dà）　　風險細（大）

3．知識要點

(1)"買"和"賣"的讀音

　　粵方言區的人説普通話的時候經常分不清"買"和"賣"的讀音，"買"和"賣"聲母韻母相同聲調不同，"買"讀第三聲 mǎi，"賣"讀第四聲 mài。

(2)粵語語氣詞"㗎"和普通話語氣詞"呀"

　　"㗎"是粵語在陳述句和疑問句中起加強語氣作用的語氣詞，普通話用"啊"、"呀"或用語調表示。例如："利息高風險細，買得過㗎。""呢本書係我㗎。""利息高唔高㗎?"普通話是"利息高風險小，劃得來啊。""這本書是我的呀。""利息高不高?"

4．練習

　　把下面的粵語説成普通話。

　　①你件衫咁靚，喺邊度買㗎? 唔知重有冇得賣呢?

　　②呢度啲嘢好貴㗎，唔好喺呢度買喇。

5．參考答案

①
Nǐ de yī fú zhème piàoliang zài nǎ lǐ mǎi de Bù zhīdào
你 的 衣服 這麼 漂亮，在 哪裏 買 的? 不 知道

hái yǒu méiyǒu mài de
還 有 沒有 賣 的?

②
Zhè lǐ de dōng xi hǎo guì ya bié zài zhè lǐ mǎi le
這裏 的 東西 好 貴 呀，別 在 這裏 買 了。

第四十五課　購股票

1. 情景對話

小　張：Xiǎo Huá Wànkē gǔpiào diē de chàbuduō le kě yǐ 小華，萬科股票跌得差不多了，可以 mǎijìn le 買進了。

小　華：Qí tā gǔpiào de hángqíng zěnmeyàng 其他股票的行情怎麼樣？

小　張：Fāzhǎngǔ kāishǐ shēng le bùguò shēng fú bù dà 發展股開始升了，不過升幅不大。

小　華：Zài shēnggāo yī diǎn wǒ jiù bǎ shǒushang de Fāzhǎn 再升高一點我就把手上的發展 gǔ pāo chūqu 股抛出去。

小　張：Bù yòng nàme jí Fāzhǎngǔ kànlai huì jìxù shàng 不用那麼急，發展股看來會繼續上 shēng 升。

小　華：Wǒ shì zuò duǎn xiàn de dī jìn gāo chū gāo pāo 我是做短線的，低進高出，高抛 dī xī néng zhuàn yī diǎnr jiù xíng le 低吸，能賺一點兒就行了。

2. 詞語

股票 gǔpiào	股票
行情 hángqíng	行情
買進 mǎijìn	買入
賣出 mài chū	賣出

升跌 shēng diē   升跌

高抛低吸 gāo pāo dī xī   高抛低吸

長（短）線 cháng（duǎn）xiàn   長（短）線

賺一點 zhuàn yīdiǎnr   賺一啲

3．知識要點

(1) 注意區別聲母 sh，s 和聲母 x 的聲韻拼合規律

把聲母 sh，s 和聲母 x 的讀音混淆也是粵方言區的人說普通話常見的毛病之一，如把 "是（shì）" 讀成 xì，"升（shēng）" 讀成 xīng，"就（jiù）" 讀成 zòu。sh，s 和 x 的聲韻拼合規律與 zh，z 和 j 相同，區分方法第四十三課已介紹。

(2) 普通話的 "行"、"可以" 和粵語的 "得"

表示可以的意思，粵語經常用 "得"，普通話不說 "得" 而說 "行"、"可以"。如 "賺一啲就得喇"，普通話是 "賺一點就行了"。

4．練習

讀下面的詞，注意聲母的區別。

失望 shīwàng ——希望 xīwàng

升空 shēngkōng ——星空 xīngkōng

通順 tōngshùn ——通訊 tōngxùn

舒服 shūfu ——虛浮 xūfú

記述 jìshù ——繼續 jìxù

潮濕 cháoshī ——朝西 cháoxī

撕爛 sīlàn ——稀爛 xīlàn

商港 shānggǎng ——香港 Xiānggǎng

賒着 shēzhe ——歇着 xiēzhe

樹木 shùmù ——序幕 xùmù

第四十六課　分析股市

1. 情景對話

小 李：Fāng lǎoshī qián duàn shíjiān wǒ mǎi de liǎng zhǒng
方 老師，前 段 時間 我 買 的 兩 種
gǔpiào zhè duàn shíjiān yīzhí zài xiàdiē wǒ kuī le
股票 這 段 時間 一直 在 下跌，我 虧 了
bù shǎo
不 少。

方老師：Gǔpiào shēng diē shì zhèngcháng xiànxiàng zhè liǎng
股票 升 跌 是 正常 現象，這 兩
zhǒng gǔpiào suīrán zài diē dàn duǎn xiàn háiyǒu jī
種 股票 雖然 在 跌，但 短 線 還有 機
huì
會。

小 李：Nǐ kàn dào shénme jiàwèi kěyǐ màidiào ne
你 看 到 什麼 價位 可以 賣掉 呢?

方老師：Zhuàn bǎifēnzhīwǔ jiù tuōshǒu bù yào tānxīn
賺 百分之五 就 脫手，不 要 貪心。

小 李：Wǒ xiǎng huàn gòu qítā gǔpiào nǐ kànhǎo nǎ jǐ
我 想 換 購 其他 股票，你 看好 哪 幾
zhǒng
種?

方老師：Zhè jǐ zhǒng zhōngjiàgǔ yèjì liánghǎo yǒu qiánlì
這 幾 種 中價股 業績 良好，有 潛力,
kěyǐ kǎolù zuò zhōng cháng xiàn tóuzī
可以 考慮 作 中 長 線 投資。

2. 詞語

分析股市 fēnxī gǔshì	分析股市
機會 jīhuì	機會
脫手 tuōshǒu	出手
換購 huàngòu	換購
業績良好 yèjì liánghǎo	業績良好
價位 jiàwèi	價位
貪心 tānxīn	貪心
潛力 qiánlì	潛力
考慮 kǎolǜ	諗
虧 kuī	蝕

3. 知識要點

(1) 普通話的"虧"和粵語的"蝕"

　　表示受損失,粵語説"蝕"、"蝕本"、"蝕底",普通話説"虧"、"虧本"、"吃虧"。如:"股票下跌,我蝕咗好多。""做咗蝕本生意。"普通話是"股票下跌,我虧了很多。""做了虧本生意。"

(2) 普通話的"考慮"和粵語説"諗"

　　表示考慮的意思,粵語説"諗","諗"是方言詞,不能用在普通話裏,普通話説"考慮"、"想"。如"可以諗一吓。""諗唔未呀?"普通話是"可以考慮一下。""想好了沒有?"

4. 練習

　　在下面句子的空格裏填上適當的詞。

　　①結婚是大事,要認真( )才( )。

　　②這筆生意不會( )的,你( ),( )好了再答覆我。

5. 參考答案

　　①考慮　　行

　　②虧本　考慮一下　　想(或"考慮")

第四十七課　買彩票

1. 情景對話

阿林：<ruby>阿<rt>Ā</rt></ruby> <ruby>強<rt>Qiáng</rt></ruby>，<ruby>等<rt>děng</rt></ruby> <ruby>我<rt>wǒ</rt></ruby> <ruby>一下<rt>yī xià</rt></ruby>，<ruby>我<rt>wǒ</rt></ruby> <ruby>買<rt>mǎi</rt></ruby> <ruby>彩票<rt>cǎipiào</rt></ruby>。

阿強：<ruby>常<rt>Cháng</rt></ruby> <ruby>看見<rt>kànjiàn</rt></ruby> <ruby>你<rt>nǐ</rt></ruby> <ruby>買<rt>mǎi</rt></ruby> <ruby>彩票<rt>cǎipiào</rt></ruby>，<ruby>中過<rt>zhòngguo</rt></ruby> <ruby>獎<rt>jiǎng</rt></ruby> <ruby>沒有<rt>méiyǒu</rt></ruby>？

阿林：<ruby>中過<rt>Zhòngguo</rt></ruby> <ruby>幾<rt>jǐ</rt></ruby> <ruby>次<rt>cì</rt></ruby> <ruby>末<rt>mò</rt></ruby> <ruby>獎<rt>jiǎng</rt></ruby>，<ruby>最<rt>zuì</rt></ruby> <ruby>幸運<rt>xìngyùn</rt></ruby> <ruby>的<rt>de</rt></ruby> <ruby>一<rt>yī</rt></ruby> <ruby>次<rt>cì</rt></ruby> <ruby>是<rt>shì</rt></ruby> <ruby>三<rt>sān</rt></ruby> <ruby>等<rt>děng</rt></ruby> <ruby>獎<rt>jiǎng</rt></ruby>。

阿強：<ruby>我<rt>Wǒ</rt></ruby> <ruby>有時<rt>yǒushí</rt></ruby> <ruby>也<rt>yě</rt></ruby> <ruby>買點<rt>mǎidiǎn</rt></ruby> <ruby>彩票<rt>cǎipiào</rt></ruby>，<ruby>不過<rt>bùguò</rt></ruby> <ruby>從來<rt>cónglái</rt></ruby> <ruby>不<rt>bù</rt></ruby> <ruby>走<rt>zǒu</rt></ruby> <ruby>運<rt>yùn</rt></ruby>，<ruby>連<rt>lián</rt></ruby> <ruby>末<rt>mò</rt></ruby> <ruby>獎<rt>jiǎng</rt></ruby> <ruby>也<rt>yě</rt></ruby> <ruby>沒<rt>méi</rt></ruby> <ruby>中過<rt>zhòngguo</rt></ruby>。

阿林：<ruby>中<rt>Zhòng</rt></ruby> <ruby>獎<rt>jiǎng</rt></ruby> <ruby>當然<rt>dāngrán</rt></ruby> <ruby>好<rt>hǎo</rt></ruby> <ruby>了<rt>le</rt></ruby>，<ruby>不<rt>bù</rt></ruby> <ruby>中<rt>zhòng</rt></ruby> <ruby>獎<rt>jiǎng</rt></ruby> <ruby>也<rt>yě</rt></ruby> <ruby>沒<rt>méi</rt></ruby> <ruby>關係<rt>guān xi</rt></ruby>，<ruby>就<rt>jiù</rt></ruby> <ruby>當作<rt>dàngzuò</rt></ruby> <ruby>爲<rt>wèi</rt></ruby> <ruby>社會<rt>shèhuì</rt></ruby> <ruby>福利<rt>fú lì</rt></ruby> <ruby>作點<rt>zuòdiǎn</rt></ruby> <ruby>善<rt>shàn</rt></ruby> <ruby>事<rt>shì</rt></ruby> <ruby>吧<rt>ba</rt></ruby>。

阿強：<ruby>我<rt>Wǒ</rt></ruby> <ruby>也是<rt>yěshì</rt></ruby> <ruby>這樣<rt>zhèyang</rt></ruby> <ruby>想<rt>xiǎng</rt></ruby> <ruby>的<rt>de</rt></ruby>。<ruby>這<rt>Zhè</rt></ruby> <ruby>期<rt>qī</rt></ruby> <ruby>彩票<rt>cǎipiào</rt></ruby> <ruby>今<rt>jīn</rt></ruby> <ruby>晚<rt>wǎn</rt></ruby> <ruby>開<rt>kāi</rt></ruby> <ruby>獎<rt>jiǎng</rt></ruby>，<ruby>祝<rt>zhù</rt></ruby> <ruby>你<rt>nǐ</rt></ruby> <ruby>好<rt>hǎo</rt></ruby> <ruby>運<rt>yùn</rt></ruby>。

2. 詞語

彩票 cǎipiào　　　　　彩票

末獎 mò jiǎng　　　　　尾獎

幸運 xìngyùn	好彩
社會福利 Shèhuì fúlì	社會福利
中獎 zhòng jiǎng	中獎
開獎 kāi jiǎng	開獎
走運 zǒu yùn	行運
善事 shàn shì	善事

3. 知識要點

(1) 普通話的"幸運"、"幸虧"和粵語的"好彩"

"好彩"是方言詞，不能用在普通話裏。"好彩"作形容詞用是表示好的運氣，普通話說"幸運"、"走運"。如"最好彩嗰次中咗三等獎"，普通話是"最幸運的那次中了三等獎"。"好彩"作副詞用的時候，普通話說"幸虧"。如"好彩我行得快啲，冇畀雨淋親。"普通話是"幸虧我走得快些，沒被雨淋着。"

(2) 普通話的"有時"和粵語的"間中"

"間中"或'"久唔久"，是粵語表示時間的方言詞，普通話說"有時"、"間或"、"偶爾"。如"間中我都會去吓"，普通話是"有時（偶爾）我也會去一下"。

4. 練習

把下面的粵語說成普通話。

①颱風吹冧棵樹，佢唔好彩囉，啱好砸親佢，好彩唔係傷得好犀利。

②我哋呢啲老同學久唔久都會聚一聚嘅。

5. 參考答案

① Táifēng guādǎo yī kē shù tā bù zǒuyùn gānghǎo zá zháo
颱風 颳倒 一 棵 樹，她 不 走運，剛好 砸 着

le tā xìngkuī shāng de bù lì hai
了 她，幸虧 傷 得 不 厲害。

② Wǒmen zhèxiē lǎo tóngxué yǒushí yě huì jù yi jù
我們 這些 老 同學 有時 也 會 聚 一 聚。

96

第四十八課　捐　款

1. 情景對話

孫　子：爺爺，老師說貧困地區還有很多小朋友沒錢讀書，那怎麼辦呢？

爺　爺：現在有很多人捐款給他們，你爸爸前幾天就把稿費捐給了"希望工程"。

孫　子：我也想把壓歲錢捐給"希望工程"，捐多少呢？

爺　爺：捐多捐少都沒關係，最主要的是你要有愛心。

孫　子：我把今年的壓歲錢都捐出來，到什麼地方去捐呢？

爺　爺：銀行有"希望工程捐款受理處"，我們一起去吧。

2. 詞語

捐款 juān kuǎn	捐錢
愛心 ài xīn	愛心
稿費 gǎofèi	稿費
希望工程 Xīwàng Gōngchéng	希望工程
壓歲錢 yāsuìqián	利是
受理處 shòulǐchù	受理處

3. 知識要點

(1) 普通話的"壓歲錢"、"紅包"和粵語的"利是"

"利是"是方言詞，不宜用在普通話裏。過年大人給孩子的"利是"，普通話說"壓歲錢"。如"過年喇，阿爺畀封利是你"，普通話是"過年了，爺爺給你壓歲錢"。平時因爲某種原因給某人的"利是"，普通話說"紅包"。如"聽日佢結婚，要封封利是畀佢"，普通話是"明天他結婚，要送個紅包給他"。

(2) 普通話"到＋處所＋去"和粵語"去＋處所"的句子結構

粵語表示"去"或"來"什麼地方時，句子結構是"去（嚟）＋處所賓語"，普通話除了這種句式還可以用"到＋處所賓語＋去（來）"，普通話這種句式是粵語沒有的，如"去銀行"，普通話可以說"到銀行去"，也可以說"去銀行"。

4. 練習

把下面的粵語說成普通話。

①過年去人地屋企拜年，要封封利是畀細路仔。

②聽日係王先生九十大壽，我哋去佢屋企拜壽。

5. 參考答案

①
Guò nián dào biérén jiā qù bài nián yào gěi hái zi yā suì qián
過　年　到　別人　家　去　拜　年，要　給　孩子　壓歲　錢。

②
Míngtiān shì Wáng xiānsheng jiǔshí shòuchén wǒmen dào tā jiā qù zhù shòu
明天　是　王　先生　九十　壽辰，我們　到　他　家　去　祝　壽。

第四十九課　買保險

1. 情景對話

小王：小李，你在人壽保險公司工作，我正想為兒子買保險呢。

小李：這是專為孩子設立的保險，每份保險包括人身意外傷害和將來的養老金在內。

小王：你給一份保險條例我看看。

小李：這種保險的費率是千分之四，就是說投保金額一千元，交保險費四元。

小王：只需交一次保險費就可以終身有保障，這種保險不錯嘛。

小李：如果你決定買的話，請你填份投保單。

2．詞語

人壽保險 rénshòu bǎoxiǎn	人壽保險
醫療保險 yīliáo bǎoxiǎn	醫療保險
養老金 yǎnglǎojīn	養老金
意外傷害 yìwài shānghài	意外傷害
終身保障 zhōngshēn bǎozhàng	終身保障
金額 jīn'é	金額
條例 tiáolì	條例
費率 fèi lǜ	費率
投保單 tóubǎodān	投保單

3．知識要點

普通話的"就是說"和粵語的"即係話"

  對前面說的話再解釋一下，粵語用"即係話"，普通話用"就是說"。粵語的"話"可以作動詞用，在普通話裏是"說"、"講"。如："佢話聽日去。"普通話是"他說明天去。"在普通話中"話"是名詞，粵語則常用"說話"作名詞用，如"佢啲說話我聽唔明。"普通話是"他的話我聽不明白。"

4．練習

  把下面的粵語說成普通話。
  ①話你濫竽充數即係話你唔懂裝懂。
  ②講過嘅說話要算數。

5．參考答案

  Shuō nǐ lànyúchōngshù jiùshì shuō nǐ bù dǒng zhuāng dǒng
① 說 你 濫竽充數 就是 說 你 不 懂 裝 懂。
  Shuōguo de huà yào suànshù
② 說 過 的 話 要 算數。

第五十課 理 賠

1. 情景對話

小 劉：<ruby>小<rt>Xiǎo</rt></ruby><ruby>姐<rt>jiě</rt></ruby>，<ruby>上<rt>shàng</rt></ruby> <ruby>個<rt>ge</rt></ruby> <ruby>星期<rt>xīngqī</rt></ruby> <ruby>我<rt>wǒ</rt></ruby> <ruby>家<rt>jiā</rt></ruby> <ruby>失<rt>shī</rt></ruby> <ruby>火<rt>huǒ</rt></ruby>，<ruby>我<rt>wǒ</rt></ruby> <ruby>買<rt>mǎi</rt></ruby> <ruby>了<rt>le</rt></ruby> <ruby>家庭<rt>jiātíng</rt></ruby> <ruby>財産<rt>cáichǎn</rt></ruby> <ruby>保險<rt>bǎoxiǎn</rt></ruby> <ruby>的<rt>de</rt></ruby>，<ruby>怎樣<rt>zěnyàng</rt></ruby> <ruby>賠償<rt>péicháng</rt></ruby> <ruby>呢<rt>ne</rt></ruby>？

服務員：<ruby>火災<rt>Huǒzāi</rt></ruby> <ruby>損失<rt>sǔnshī</rt></ruby> <ruby>我們<rt>wǒmen</rt></ruby> <ruby>已經<rt>yǐjīng</rt></ruby> <ruby>調查<rt>diàochá</rt></ruby> <ruby>了<rt>le</rt></ruby>，<ruby>按照<rt>ànzhào</rt></ruby> <ruby>你<rt>nǐ</rt></ruby> <ruby>投保<rt>tóubǎo</rt></ruby> <ruby>的<rt>de</rt></ruby> <ruby>金額<rt>jīn'é</rt></ruby> <ruby>三萬<rt>sānwàn</rt></ruby> <ruby>元<rt>yuán</rt></ruby> <ruby>全<rt>quán</rt></ruby> <ruby>額<rt>é</rt></ruby> <ruby>賠償<rt>péicháng</rt></ruby>。

小 劉：<ruby>我<rt>Wǒ</rt></ruby> <ruby>先生<rt>xiānsheng</rt></ruby> <ruby>被<rt>bèi</rt></ruby> <ruby>火<rt>huǒ</rt></ruby> <ruby>燒傷<rt>shāoshāng</rt></ruby> <ruby>住<rt>zhù</rt></ruby> <ruby>了<rt>le</rt></ruby> <ruby>院<rt>yuàn</rt></ruby>，<ruby>他<rt>tā</rt></ruby> <ruby>買<rt>mǎi</rt></ruby> <ruby>了<rt>le</rt></ruby> <ruby>人身<rt>rénshēn</rt></ruby> <ruby>意外<rt>yìwài</rt></ruby> <ruby>傷害<rt>shānghài</rt></ruby> <ruby>保險<rt>bǎoxiǎn</rt></ruby> <ruby>的<rt>de</rt></ruby>，<ruby>能<rt>néng</rt></ruby> <ruby>賠<rt>péi</rt></ruby> <ruby>多少<rt>duōshǎo</rt></ruby> <ruby>呢<rt>ne</rt></ruby>？

服務員：<ruby>按<rt>Àn</rt></ruby> <ruby>他<rt>tā</rt></ruby> <ruby>的<rt>de</rt></ruby> <ruby>受<rt>shòu</rt></ruby> <ruby>傷<rt>shāng</rt></ruby> <ruby>程度<rt>chéngdù</rt></ruby> <ruby>賠<rt>péi</rt></ruby> <ruby>五<rt>wǔ</rt></ruby> <ruby>百<rt>bǎi</rt></ruby> <ruby>元<rt>yuán</rt></ruby>。

小 劉：<ruby>那<rt>Nà</rt></ruby> <ruby>他<rt>tā</rt></ruby> <ruby>的<rt>de</rt></ruby> <ruby>住院費<rt>zhùyuànfèi</rt></ruby> <ruby>和<rt>hé</rt></ruby> <ruby>醫藥費<rt>yīyàofèi</rt></ruby> <ruby>能<rt>néng</rt></ruby> <ruby>不<rt>bu</rt></ruby> <ruby>能<rt>néng</rt></ruby> <ruby>報銷<rt>bàoxiāo</rt></ruby>？

服務員：<ruby>他<rt>Tā</rt></ruby> <ruby>沒有<rt>méiyǒu</rt></ruby> <ruby>買<rt>mǎi</rt></ruby> <ruby>附加<rt>fùjiā</rt></ruby> <ruby>住院<rt>zhùyuàn</rt></ruby> <ruby>醫療<rt>yīliáo</rt></ruby> <ruby>保險<rt>bǎoxiǎn</rt></ruby>，<ruby>醫藥費<rt>yīyàofèi</rt></ruby> <ruby>和<rt>hé</rt></ruby> <ruby>住院費<rt>zhùyuànfèi</rt></ruby> <ruby>不<rt>bù</rt></ruby> <ruby>能<rt>néng</rt></ruby> <ruby>報銷<rt>bàoxiāo</rt></ruby>。

2. 詞語

理賠 lǐ péi	理賠
調查 diàochá	調查
損失程度 sǔnshī chéngdù	損失程度
全額（部分）賠償 quán é（bùfèn）péicháng	全額賠償
失火 shī huǒ	火燭
燒傷 shāo shāng	燒傷
報銷 bàoxiāo	報銷

3. 知識要點

(1) 粵語的"㗎"譯成普通話的説法

"㗎"是粵語的語氣詞，表示讚嘆或提醒、勸告、請求等語氣，普通話可以用"啊"或"的"表示，如"我買咗家庭財產保險嗰㗎"，"你記住提醒我㗎"，普通話是"我買了家庭財產保險的"，"你記得提醒我啊"。

(2) 普通話"能＋動詞"和粵語"動詞＋得"的句式

表示"能夠（或可以）做什麼"，粵語常用"動詞＋得"的句式，普通話則用"能＋（可以）＋動詞"的句式。如："賠得幾多呢?""行得喇。"普通話是"能賠多少呢?""可以走了。"

4. 練習

按照粵語句子的意思填上恰當的普通話語氣詞。

①隨地丟嘢唔係幾好㗎，會影響市容衞生㗎。

　隨地扔東西不太好（　　），會影響市容衞生（　　）

②佢去唔去㗎? 佢會去嘅，我哋早就講好㗎喇，再等佢一陣啦。

　他去不去（　　）? 他會去（　　），我們早就説好（　　）。再等他一會兒（　　）。

5. 參考答案

①啊，的

②呀，的，的了（的呀），吧

自然環境

第五十一課　談天氣(一)

1. 情景對話

小 王：咦，看你，讓雨淋得落湯雞似的，你沒帶傘嗎？

小 李：我出門的時候太陽很猛，誰知走到半路下場大雨。

小 王：那你不避避雨再走？

小 李：我怕遲到，就冒雨跑回來了。這場雨好大，又打雷又閃電，有傘也會淋濕。

小 王：聽天氣預報說過兩天要颳颱風。

小 李：難怪今天早上天氣那麼悶熱，現在下了雨稍微涼快些。

2．詞語

天氣預報 tiānqì yùbào	天氣預報
下雨 xià yǔ	落雨
傘 sǎn	遮
太陽很猛 tàiyáng hěn měng	日頭好猛
悶熱 mēnrè	翳焗
打雷閃電 dǎ léi shǎn diàn	行雷閃電
淋濕 lín shī	淋濕
涼快 liángkuɑi	涼爽
颳颱風 guā táifēng	打颱風

3．知識要點

粵語"噉"的普通話譯法

粵語"噉"的用法較多，說普通話時要根據不同的意義使用不同的譯法。①用作助詞，可以表示像……一樣，普通話說"……似的"，如情景對話中"畀雨淋到落湯鷄噉"，普通話可說成"讓雨淋得落湯鷄似的"。作助詞也可以附在各類詞、詞組後面作狀語的標志，表示動作的方式，相當於普通話的助詞"地"，如"搏命噉做"，普通話可說"拼命地幹"。②用作連詞，表示順着上文的意思，說明應有的結果，相當於普通話的連詞"那"、"那麼"，如情景對話中"噉你唔避下雨至行?"普通話可說"那你不避避雨再走?"③用作指示代詞，指代方式，不分遠指近指，相當於普通話的"那（這）麼、那（這）樣"，如"唔係噉做"，普通話可說"不是這樣幹"。

4．練習

把下面的粵語說成普通話，注意"噉"的譯法。
①呢件事如果你認爲噉做係得嘅，噉我哋就快啲去做喇。
②啲雨重搏命噉落，你睇呢條馬路都成條河噉嘞。

5．參考答案

①
Zhè	jiàn	shì	rú	guǒ	nǐ	rènwéi	zhèyàng	bàn	shì	kě	yǐ	de
這	件	事	如	果	你	認爲	這樣	辦	是	可	以	的

huà	nà	wǒmen	jiù	gǎnkuài	qù	bàn	ba
話，	那	我們	就	趕快	去	辦	吧。

② Yǔ hái pīnmìng de xià nǐ kàn zhè mǎlù yǐjīng xiàng xiǎo
雨 還 拼命 地 下，你 看 這 馬路 已經 像 小

hé shì de
河 似 的。

第五十二課　談天氣(二)

1. 情景對話

小王：昨天吹南風很暖和，今天轉了
Zuótiān chuī nán fēng hěn nuǎnhuo jīntiān zhuǎn le
北風，一下子冷了好多。
běi fēng yī xia zi lěng le hǎo duō

小李：寒潮來了，氣溫比昨天下降了八
Háncháo lái le qìwēn bǐ zuótiān xiàjiàng le bā
度。
dù

小王：這次的冷空氣會不會像上次
Zhè cì de lěng kōngqì huì bu huì xiàng shàng cì
那麼厲害呀？上次冷得夠嗆。
nàme lì hai ya shàng cì lěng de gòuqiàng

小李：不會，這次是中等強度的冷
Bù huì zhè cì shì zhōng děng qiángdù de lěng
空氣，過幾天氣溫就會回升的。
kōngqì guò jǐ tiān qìwēn jiù huì huíshēng de

小王：光是冷還無所謂，最怕是下雨，陰
Guāng shì lěng hái wúsuǒwèi zuì pà shì xià yǔ yīn
冷陰冷的最難受。
lěng yīnlěng de zuì nánshòu

小李：冷空氣來總會有點雨的，今天
Lěng kōngqì lái zǒng huì yǒu diǎn yǔ de jīntiān
是多雲有小雨。
shì duō yún yǒu xiǎo yǔ

2. 詞語

南（北）風 nán（běi）fēng	南（北）風
暖和 nuǎnhuo	暖
冷 lěng	凍
寒潮 háncháo	寒潮
冷空氣 lěng kōngqì	冷空氣
中等強度 zhōng děng qiángdù	中等強度
氣溫下降 qìwēnxiàjiàng	氣溫下降
（回升）（huíshēng）	（回升）
多（少）雲 duō（shǎo）yún	多（少）雲
陰冷陰冷 yīnlěng yīnlěng	陰陰凍凍

3. 知識要點
粵語"淨係"的普通話譯法

粵語的"淨係"常用作範圍副詞，限定後面詞語的範圍，表示除此之外再沒有別的，普通話可說"只是，光是"，如"淨係凍都唔緊要"，普通話可說"光是冷還無所謂"。粵語"淨係"還可以表示經常、一向，這一用法普通話要說"老是、總是"，如"次次考試都淨係佢攞第一"，普通話可說"每次考試老是他拿第一名"。

4. 練習

把下面的粵語說成普通話。
①每次打風前都係鬼咁翳焗。
②淨係行雷，唔見有雨落。

5. 參考答案

Měi cì   guā   táifēng   qián   zǒng   shì   shífēn   mēn rè
① 每次 颳 颱風 前 總 是 十分 悶熱。

Guāngshì   dǎ léi   méi   kàn   dào   xià yǔ
② 光是 打雷，沒 看 到 下雨。

第五十三課　説季節(一)

1. 情景對話

小　王：
Jīntiān lì chūn chūntiān lái le
今天 立春，春天 來 了。

小　李：
Zài běifāng chūn nuǎn huā kāi chūntiān shì zuì hǎo
在 北方 春 暖 花 開，春天 是 最 好
de jì jié
的 季節。

小　王：
Guǎngdōng de chūntiān lǎo xià yǔ dàochù dōu shī lù
廣東 的 春天 老 下 雨，到處 都 濕漉
lu de kōng qì shī dù hěn dà dōng xi hěn róng yì fā
漉 的，空氣濕度 很 大，東西 很 容易 發
méi
霉。

小　李：
Wǒ hěn xǐ huān xiàtiān kě yǐ qù yóuyǒng
我 很 喜歡 夏天，可以 去 游泳。

小　王：
Wǒ bù xǐ huān Guǎngdōng xiàtiān tài rè rè de shí
我 不 喜歡。廣東 夏天 太 熱，熱 的 時
jiān yòu cháng wǒ pà rè dòng yī xia húnshēn shì
間 又 長，我 怕 熱，動 一下 渾身 是
hàn
汗。

小　李：
Nà nǐ xiàtiān zuì hǎo dào Hā'ěrbīn qù bì shǔ
那 你 夏天 最 好 到 哈爾濱 去 避暑。

2. 詞語

季節 jìjié　　　　　季節
立春 lìchūn　　　　立春

春天 chūntiān	春天
濕漉漉 shīlùlu	**濕氿氿**
濕度 shīdù	濕度
發霉 fā méi	發毛
夏天 xiàtiān	夏天，天熱
避暑 bì shǔ	避暑
渾身汗 húnshēn hàn	週身汗

3. 知識要點

普通話和粵語"週圍"的不同用法

　　普通話的"週圍"一般指環繞着中心的部分，粵語的"週圍"有兩種用法，其一與普通話用法相同，另一意義是指各個地方，這一用法普通話要説"到處"，而不能照樣説"週圍"，如"週圍都濕漉漉"，普通話要説"到處都濕漉漉"。

4. 練習

　　把下面的粵語説成普通話。

①週圍都揾佢唔到。

②我屋企週圍有幾間鋪頭。

5. 參考答案

　　Dàochù　dōu　zhǎo　bù　dào　tā
① 到　處　都　找　不　到　他。

　　Wǒ　jiā　zhōuwéi　yǒu　jǐ　jiān　shāng　diàn
② 我　家　週　圍　有　幾　間　商　店。

第五十四課　說季節(二)

1. 情景對話

小王：這幾天有點秋高氣爽的味道了。
Zhè jǐ tiān yǒu diǎn qiū gāo qì shuǎng de wèidào le

小李：早就過了立秋，也該涼了。北方現在已是秋風掃落葉了。
Zǎo jiù guò le lì qiū yě gāi liáng le Běifāng xiànzài yǐ shì qiū fēng sǎo luò yè le

小王：廣東最好的季節是秋冬兩季，不冷又不熱。
Guǎngdōng zuì hǎo de jì jié shì qiū dōng liǎng jì bù lěng yòu bù rè

小李：南方秋冬的氣候真好，草木都是綠的，不像北方到處是一片黃色。
Nánfāng qiū dōng de qìhòu zhēn hǎo cǎomù dōu shì lù de bù xiàng běifāng dàochù shì yī piàn huáng sè

小王：我今年冬天想到北方旅遊，看看雪景，你去不去?
Wǒ jīnnián dōngtiān xiǎng dào běifāng lǚ yóu kànkan xuě jǐng nǐ qù bu qù

小李：我在東北住了這麼多年，下雪見得多了。我倒很喜歡秋冬廣東的瓜果蔬菜。
Wǒ zài Dōngběi zhù le zhème duō nián xià xuě jiàn de duō le Wǒ dào hěn xǐhuan qiū dōng Guǎngdōng de guāguǒ shūcài

110

2．詞語

秋高氣爽 qiú gāo qì shuǎng　　　秋高氣爽

冬天 dōngtiān　　　冬天

南（北）方 nán（běi）fāng　　　南（北）方

氣候 qìhòu　　　氣候

下雪 xià xuě　　　落雪

3．知識要點

粵語"咗"的普通話譯法

　　粵語的助詞"咗"放在動詞、形容詞後面，表示動作或性狀變化的完成，相當於普通話的助詞"了"，如情景對話中"過咗立秋"、"住咗咁多年"，普通話可說"過了立秋"、"住了這麼多年"。如果動詞後面帶上趨向補語，普通話"了"的位置與粵語"咗"有不同，粵語"咗"仍緊附在動詞後面，如"行咗出去"、"入咗嚟"，但普通話的"了"要放在趨向補語後面，說"走出去了"、"進來了"，而不能按粵語"咗"的位置說成"走了出去"、"進了來"。

4．練習

　　把下面的粵語說成普通話。

①佢去咗街，唔喺屋企。

②我已經買咗今日嘅報紙。

5．參考答案

　　　Tā shàngjiē qù le bù zài jiā
① 他　上街　去　了，不　在　家。

　　　Wǒ yǐjīng mǎi le jīntiān de bàozhǐ
② 我　已經　買　了　今天　的　報紙。

第五十五課　城市綠化

1. 情景對話

小　王：這 條 路 綠 樹 成 蔭，在 這裏 散步 真
　　　　舒服。

小　李：原來 有 很 多 馬路 都 像 這裏 這麼 多
　　　　樹，後來 擴建 道路 都 砍掉 了。

小　王：不 種 樹 種 點 草 也 行 啊，怎麼 也
　　　　比 光秃秃 的 空 地 好。

小　李：現在 市政府 準備 在 砍掉 樹 的 馬路
　　　　兩 旁 種上 草，建成 綠化帶。

小　王：我 到過 國內外 很多 地方，有些 城市 的
　　　　綠化 真 是 沒 說 的，到處 都 是 樹木 和
　　　　草坪。

小　李：城市 人口 密集，空氣 中 的 二氧化碳 和
　　　　塵煙 比較 多，綠化 是 改善 環境 的 有
　　　　效 措施。

2. 詞語

樹木 shùmù	樹木
植樹 zhí shù	種樹
砍掉 kǎndiào	斬咗
草坪 cǎopíng	草坪
綠化帶 lùhuàdài	綠化帶
綠樹成蔭 lù shù chéng yīn	綠樹成蔭
光禿禿 guāngtūtu	光禿禿
空地 kòngdì	空地
改善環境 gǎishàn huánjìng	改善環境
有效措施 yǒu xiào cuòshī	有效措施

3. 知識要點

粵語"啲"的普通話譯法

粵語"啲"主要用來表示數量,可指不定的數量,相當於普通話的"些",如"有啲城市",普通話説"有些城市",又如"一啲",普通話説"一些"。"啲"也可指少量,普通話可説"點",如"種啲草都得啫",普通話要説"種點草也行啊"。在用法上粵語"啲"和普通話的"些"也有不同的地方,"啲"可單獨作名詞定語,不需要和指示代詞或數詞"一"配合,"些"則不能夠這樣用,如"啲樹長得幾快嘑",普通話則要説"這些樹長得挺快的"。

4. 練習

把下面的粵語説成普通話。

①啲餸鹹咗啲。

②你再坐一陣,等雨細啲先至走啦。

5. 參考答案

    Zhèxiē cài xián le yī diǎnr
① 這些 菜 鹹 了 一 點兒。

    Nǐ zài zuò yī huìr děng yǔ xiǎo diǎn cái zǒu ba
② 你 再 坐 一會兒, 等 雨 小 點 才 走 吧。

第五十六課　種　花

1. 情景對話

王　伯：Wā Zhāng bó nín jiā lǐ zhème duō huā dōu shì
哇，張　伯，您　家　裏　這麼　多　花，都　是

nín zhòng de ma
您　種　的　嗎？

張　伯：Quán dōu shì wǒ zhòng de Zhòng huā bù dàn kě
全　都　是　我　種　的。種　花　不　但　可

yǐ fēngfù shēnghuó hái néng měihuà huánjìng
以　豐富　生活，還　能　美化　環境。

王　伯：Zhòng huā zhòng de hǎo yào yǒu hěn duō xuéwèn
種　花　種　得　好　要　有　很　多　學問

de
的。

張　伯：Zhòng huā yǒu hěn duō jiǎngjiu guāng shì jiāo shuǐ
種　花　有　很　多　講究，光　是　澆　水

jiù yào zhǎngwò shuǐ zhì shuǐ liàng hé shíjiān
就　要　掌握　水　質、水　量　和　時間。

王　伯：Wǒ zhòng huā jiù shì zǎo wǎn suíbiàn jiāo diǎn
我　種　花　就　是　早　晚　隨便　澆　點

shuǐ jiù suàn le
水　就　算　了。

張　伯：Nà bù xíng Jiù shuō shuǐ zhì ba zì láishuǐ yǒu lù
那　不　行。就　說　水　質　吧，自來水　有　氯

qì cháng qī yòng huì shǐ ní tǔ biànchéng jiǎnxìng huā
氣，長　期　用　會　使　泥土　變成　碱性，花

jiù zhǎng bù hǎo
就　長　不　好。

114

王　伯：那　我　拜　您　爲　師　學習　種　花　技術　吧。

（上方拼音：Nà wǒ bài nín wéi shī xuéxí zhòng huā jìshù ba）

2．詞語

種花技術 zhòng huā jìshù　　　種花技術
美化環境 měihuà huánjìng　　　美化環境
豐富生活 fēngfù shēnghuó　　　豐富生活
澆水 jiāo shuǐ　　　　　　　　淋水
講究 jiǎngjiu　　　　　　　　　講究
泥土 nítǔ　　　　　　　　　　　泥土，泥

3．知識要點

粵語"同埋"的普通話譯法

　　粵語"同埋"用作連詞，表示並列的聯合關係，這一用法普通話説"和"或"跟"，如"掌握水質、水量同埋時間"，普通話要説"掌握水質、水量和時間"；粵語"同埋"還可用作副詞，表示一起行動或在同一處所，這一用法普通話要説"一起"、"一同"或"一塊兒"，如"我哋幾個係同埋做嘢嘅"，普通話要説"我們幾個是一塊兒幹活的"。

4．練習

把下面的粵語説成普通話。
①琴日我哋幾個老友記同埋去郊遊。
②我同埋小王係中學嘅同班同學。

5．參考答案

①昨天　我們　幾個　老朋友　一塊兒　去　郊遊。
（上方拼音：Zuótiān wǒmen jǐ gè lǎopéngyǒu yīkuàir qù jiāoyóu）

②我　和　小　王　是　中學　的　同班　同學。
（上方拼音：Wǒ hé Xiǎo Wáng shì zhōngxué de tóngbān tóngxué）

第五十七課　淨化空氣

1. 情景對話

老　王：我近來老覺得胸悶，醫生說是空氣污染造成的。

老　李：你看馬路上這麼多機動車，排放的汽油廢氣使空氣含有大量的鉛。

老　王：鉛對人體是有害的，會嚴重影響市民的健康。

老　李：還有工廠的塵煙，居民的生活廢氣等等，總之現在城市的空氣很渾濁。

老　王：空氣污染這麼嚴重，不治理不行了。

老　李：現在政府已經在着手治理污染問題，淨化空氣以利於市民健康。

2. 詞語

淨化空氣 jìnghuà kōngqì　　　淨化空氣

污染嚴重 wūrǎn yánzhòng　　　污染犀利

排放廢氣 páifàng fèiqì　　　　排放廢氣

影響健康 yǐngxiǎng jiànkāng　影響健康

鉛 qiān　　　　　　　　　　鉛

煙塵 yānchén　　　　　　　　煙塵、灰塵

渾濁 hùnzhuó　　　　　　　　渾濁

治理 zhìlǐ　　　　　　　　　治理

3. 知識要點

粵語的"咁"和普通話的"這麼"、"那麼"

　　粵語指示程度、性狀的代詞"咁"不分近指、遠指。普通話這類指示代詞則分成兩種，表示近指用"這麼"、"這樣"，表示遠指用"那麼"、"那樣"，如"呢度重咁熱，北京就已經咁凍嘞"，普通話要說"這裏還這麼熱，北京就已經那麼冷了。"前一個"咁"普通話說"這麼"，後一個"咁"則說"那麼"。

4. 練習

把下面的粵語說成普通話。

①咁近嘅路都唔行，行咁遠。

②琴日重咁好天，今日就落咁大雨嘞。

5. 參考答案

　　Zhème　jìn　de　lù　dōu　bù　zǒu　zǒu　nàme　yuǎn
① 這麼　近　的　路　都　不　走，走　那麼　遠。

　　Zuótiān　tiānqì　hái　nàme　hǎo　jīntiān　jiù　xià　zhème　dà　de
② 昨天　天氣　還　那麼　好，今天　就　下　這麼　大　的

　　yǔ
　　雨。

第五十八課　防止噪音

1. 情景對話

小王：我家前面的馬路汽車越來越多，汽車聲、喇叭聲日夜不停，真是受不了。

小李：我家附近的夜總會和舞廳那些強烈的聲響吵得也夠煩的。

小王：環保部門測算過，我們那裏的聲級超過 78 分貝。

小李：聲級超過 70 分貝就會對人體有害，會損害聽力，出現煩躁等等。

小王：所以噪音被列爲國際三大公害之一。

小李：那現在也要採取措施防止噪音污染才行了。

2．詞語

防止噪音 fángzhǐ zàoyīn 　　　防止噪音

喇叭聲 lǎba shēng 　　　　　喇叭聲

吵 chǎo 　　　　　　　　　嘈

環保部門 huánbǎo bùmén 　　環保部門

測算 cèsuàn 　　　　　　　　測算

聲級 shēngjí 　　　　　　　　聲級

分貝 fēnbèi 　　　　　　　　分貝

公害 gōnghài 　　　　　　　　公害

損害聽力 sǔnhài tīnglì 　　　損害聽力

煩躁 fánzào 　　　　　　　　煩躁

3．知識要點
粵語副詞"至"的普通話譯法

粵語"至"作副詞有三種用法，譯成普通話要使用不同的詞語。①表示只有在某種條件下然後怎樣，這種用法普通話可說"才"，如"要採取措施防止噪音污染至得"，普通話可說："要採取措施防止噪音污染才行"。②表示事情發生或結束得晚，普通話也說"才"，如"佢而家至嚟到"，普通話可說"他現在才來到"。③表示最高程度，普通話可說"最"，如"至快"，相當於普通話"最快"。

4．練習

把下面的粵語説成普通話。

①我屋企隔離嗰間舞廳嘅噪音就至犀利嘞。

②讀書要畀心機，至能够有好成績㗎。

5．參考答案

Wǒ jiā gé bì nà jiān wǔtīng de zàoyīn jiù zuì lì hài le
① 我　家　隔壁　那　間　舞廳　的　噪音　就　最　屬害　了。

Dúshū yào yòngxīn cái néng yǒu hǎo chéng jì
② 讀書　要　用心，　才　能　有　好　成績。

第五十九課　城市衛生

1. 情景對話

母　親：小　強，你　吃完　香蕉　以後　香蕉皮不
要　亂　扔。

兒　子：知道　了。媽媽，前面　那　個　人　隨　地　吐
痰。

母　親：他　這樣　做　不　對，影響　市容　衛生，要
受　處罰　的。

兒　子：隨　地　吐　痰、亂　扔　果皮　是　不　講　衛
生　的　行爲。

母　親：如果　人人　都　亂　吐　亂　扔　就　會　弄
得　到處　都　很　髒　的。

兒　子：我　把　香蕉皮　扔　到　垃圾箱　裏　去。

母　親：對　了，每　個　人　都　要　自覺　遵守　衛生
制度，保持　城市　衛生　乾净　清潔。

120

2．詞語

市容衛生 shìróng wèishēng　　　市容衛生
隨地吐痰 suí dì tǔ tán　　　　　隨地吐痰
亂扔 luàn rēng　　　　　　　　亂掉
果皮雜物 guǒpí záwù　　　　　　果皮雜物
很髒 hěn zāng　　　　　　　　　污糟邋遢
垃圾箱 lājīxiāng　　　　　　　　垃圾桶
自覺遵守 zìjué zūnshǒu　　　　　自覺遵守
衛生制度 wèishēng zhìdù　　　　衛生制度
乾淨清潔 gānjìng qīngjié　　　　乾淨清潔

3．知識要點

粵語指代處所的"度"的普通話說法

　　粵語在表示處所的詞語後面，可加上"度"字，指代該處所，普通話的"度"沒有這種用法，也沒有完全對應的詞語表示這種用法，要根據具體的不同處所，說成"裏"或"上"等，如"將啲香蕉皮掉入垃圾桶度"，普通話可說"把香蕉皮扔到垃圾桶裏"。又如"佢喺架車度"，普通話可說"他在車上"。

4．練習

把下面的粵語說成普通話。
①落車嗰陣要攞齊啲行李，唔好漏喺架車度。
②佢喺屋企度，重未出嚟。

5．參考答案

Xiàchē　de　shíhou　yào　dài qí　xíng li　bié　là　zài　chē　shang
① 下車　的　時候　要　帶齊　行李，別　落　在　車　上　。

Tā　zài　jiā　li　hái　méi　chūlai
② 他　在　家　裏，還　沒　出來。

121

第六十課　節約用水

1. 情景對話

小王：Shì shuí yòngwán le shuǐ bù guān shuǐlóngtou Báibái
　　　是 誰 用 完 了 水 不 關 水龍頭？白白
　　　làngfèi le shuǐ
　　　浪費 了 水。

小李：Shì wǒ wàng jì le guān shuǐlóngtóu bùyòng dà jīng
　　　是 我 忘 記 了 關 水龍頭，不用 大 驚
　　　xiǎo guài de dǐngduō shì duō jiāo diǎn shuǐfèi
　　　小 怪 的，頂多 是 多 交 點 水費。

小王：Bù néng zhème shuō xiànzài chéngshì yòng shuǐ bǐ jiào
　　　不 能 這麼 說，現在 城市 用 水 比較
　　　jǐnzhāng
　　　緊 張。

小李：Yǒu zhème dà de Zhūjiāng hái pà méiyǒu shuǐ ma
　　　有 這麼 大 的 珠江 還 怕 沒有 水 嗎？

小王：Xiànzài shuǐyuán wūrǎn lìhai shuǐzhì xiàjiàng yǐngxiǎng
　　　現在 水源 污染 厲害，水質 下降，影響
　　　le zìláishuǐ gōngsī de shēngchǎn
　　　了 自來水 公司 的 生產。

小李：Nánguài yǒushí shuǐlóngtóu kāi de hěn dà shuǐ hái
　　　難怪 有時 水龍頭 開 得 很 大，水 還
　　　shì hěn xiǎo
　　　是 很 小。

小王：Suǒyǐ yào zhù yì juéyuē yòng shuǐ bù yào làngfèi
　　　所以 要 注意 節約 用 水，不 要 浪費
　　　shuǐ
　　　水。

2. 詞語

節約用水 juéyuē yòngshuǐ	節約用水
水龍頭 shuǐlóngtóu	水喉
浪費 làngfèi	浪費，嘥
水源 shuǐyuán	水源
水質 shuǐzhì	水質
自來水 zìláishuǐ	自來水，水喉水

3. 知識要點

粵語 "嘥" 的普通話譯法

粵語的 "嘥"（音〔sɑi⁵³〕）可表達幾種不同的意義，譯成普通話要用不同的説法。①最常用的意義是使用東西不當或沒有節制，相當於普通話的 "浪費"，如 "白白嘥晒啲水"，普通話可説 "白白浪費了水"。②表示失去時機、機會，普通話可説 "錯過"，如 "嘥咗次機會"，普通話可説 "錯過了一次機會"。③表示令人惋惜，相當於普通話的 "可惜"，如粵語口語常説的 "嘥晒"，意即普通話 "真可惜"。

4. 練習

把下面的粵語説成普通話。

①對住個空門都踢唔入個波，真係嘥嘞。

②你哋等陣出去嗰陣記得熄燈嘵，唔好嘥電呀。

5. 參考答案

Duìzhe kōngmén yě tī bù jìn qiú zhēn kě xī
① 對着　空門　也　踢　不　進　球，真　　可惜。

Nǐmen děng yīhuìr chūqu de shíhou yào jì de guāndēng bù
② 你們　等　一會兒　出去　的　時候　要　記得　關燈，不

yào làngfèi diàn
要　浪費　電。

第六十一課 中國政區

1. 情景對話

紅　紅：Fāngfang zhè fú shì Zhōngguó dì tú nǐ néng bu
　　　芳芳，這 幅 是 中 國 地圖，你 能 不

　　　néng zhǎodào Běijīng
　　　能 找到 北京？

芳　芳：Běijīng zài zhè lǐ tā shì shǒudū Zhè shì Xiānggǎng
　　　北京 在 這裏，它 是 首都。這 是 香港，

　　　zài Guǎngdōng de nán biān
　　　在 廣 東 的 南 邊。

紅　紅：Xiānggǎng huíguī yǐhòu shì Zhōngguó de yī ge tè
　　　香 港 回歸 以後 是 中 國 的 一 個 特

　　　bié xíngzhèngqū Yǐhòu Àomén yě shì zhèyàng
　　　別 行 政區。以後 澳 門 也 是 這樣。

芳　芳：Zhōngguó yī gòng yǒu duōshǎo ge xíngzhèngqū
　　　中 國 一共 有 多少 個 行政區？

紅　紅：Wǒmen guójiā yī gòng yǒu èr shísān ge shěng wǔ ge
　　　我 們 國家 一共 有 二十三 個 省，五 個

　　　shǎoshù mínzú zìzhìqū sì ge zhíxiáshì
　　　少 數 民族 自治區，四 個 直轄市。

芳　芳：Táiwān shì Zhōngguó de yī ge shěng yě shì Zhōng
　　　台 灣 是 中 國 的 一 個 省，也 是 中

　　　guó zuì dà de dǎo
　　　國 最 大 的 島。

2. 詞語

中國地圖 Zhōngguó dìtú　　　　　　中國地圖

特別行政區 tèbié xíngzhèngqū　　　　特別行政區

124

直轄市 zhíxiáshì   直轄市

北京 Běijīng   北京

廣東 Guǎngdōng   廣東

台灣 Táiwān   台灣

少數民族自治區 shāoshù mínzú zìzhìqū 少數民族自治區

首都 shǒudū   首都

省 shěng   省

島 dǎo   島

香港 Xiānggǎng   香港

澳門 Àomén   澳門

3．知識要點

普通話和粵語疑問句的一些區別

　　粵語對於能力的發問，常用“×唔×得”的句式，普通話則用“能不能……”或“能……嗎”的句式來發問，如“你搵唔搵得到北京呀”，普通話要説“你能不能找到北京”或“你能找到北京嗎？”另外，普通話的特指問句一般用語氣詞“呢”，或用升調表示疑問語氣，粵語的特指問句則常在句末用語氣詞“呀”幫助表達疑問語氣，如情景對話中“中國一共有幾多個行政區呀”，説普通話則加語氣詞“呢”或用升調表示。

4．練習

　　把下面的粵語説成普通話。

　　①你買唔買得到呢本書呀？

　　②你至中意食乜嘢水果呀？

5．參考答案

　　　　Nǐ　néng　mǎi　dào　zhè　běn　shū　ma
　　①你　能　買　到　這　本　書　嗎？

　　　　Nǐ　zuì　xǐ huān　chī　shénme　shuǐguǒ
　　②你　最　喜歡　吃　什麼　水果？

第六十二課　中國山脈

1. 情景對話

學　生：老師，我們國家有哪些名山？
Lǎoshī wǒmen guójiā yǒu nǎxiē míng shān

老　師：大的山脈西北部有喜馬拉雅山，昆
Dà de shānmài xī běi bù yǒu Xǐmǎlāyǎ Shān Kūn

侖山，天山，中部和東南部有
lún Shān Tiān Shān zhōng bù hé dōng nán bù yǒu

秦嶺，南嶺等。
Qín Lǐng Nán Lǐng děng

學　生：五岳是指哪五座山呢？
Wǔ yuè shì zhǐ nǎ wǔ zuò shān ne

老　師：東岳泰山，南岳衡山，西岳
Dōng yuè Tài Shān nán yuè Héng Shān xī yuè

華山，北岳恒山，還有中岳
Huá Shān běi yuè Héng Shān hái yǒu zhōng yuè

嵩山。
Sōng Shān

學　生：如果是旅遊有哪些山是值得去
Rúguǒ shì lǚyóu yǒu nǎxiē shān shì zhí de qù

的？
de

老　師：黃山，峨嵋山，廬山，井崗山等
Huáng Shān É méi Shān Lú Shān Jǐnggāng Shān děng

都是著名的旅遊勝地。
dōu shì zhùmíng de lǚyóu shèng dì

2. 詞語

山脈 shānmài	山脈
天山 Tiān Shān	天山
秦嶺 Qín Lǐng	秦嶺
五岳 wǔ yuè	五岳
衡山 Héng Shān	衡山
恒山 Héng Shān	恒山
黄山 Huáng Shān	黄山
廬山 Lú Shān	廬山
喜馬拉雅山 Xǐmǎlāyǎ Shān	喜馬拉雅山
昆侖山 Kūn lún Shān	昆侖山
南嶺 Nán Lǐng	南嶺
泰山 Tài Shān	泰山
華山 Huá Shān	華山
嵩山 Sōng Shān	嵩山
峨嵋山 Éméi Shān	峨嵋山
井崗山 Jǐnggāng Shān	井崗山

3. 知識要點

粵語疑問代詞"邊"的普通話譯法

　　粵語的疑問代詞"邊"用來詢問同類的人或事物中所確指的內容，普通話這一用法說"哪"，如"五岳係邊五座山呀"，普通話要說"五岳是指哪五座山呢"，又如"我哋國家有邊啲名山呀"，普通話說"我們國家有哪些名山"。另外，粵語的"邊"還可以詢問處所，是"邊度、邊處"的省略，普通話可說"哪兒、哪裏"，如"你去邊呀"，普通話說"你上哪兒"。

4. 練習

把下面的粵語說成普通話。

①今年暑假旅遊諗住去邊呀?

②呢度有四位王老師，唔知你要揾邊位呢?

5. 參考答案

Jīnnián shǔjià lǚ yóu dǎsuan shàng nǎr qù
① 今年 暑假 旅遊 打算 上 哪兒 去?

Zhè li yǒu sì wèi Wáng lǎoshī bù zhīdào nǐ xiǎng zhǎo nǎ
② 這裏 有 四 位 王 老師, 不 知道 你 想 找 哪

wèi
位?

第六十三課　中國河流

1. 情景對話

學 生：老師，中國最長的河是長江還是黃河？

老 師：是長江，長江還是世界第三長的河流。黃河是我們中華民族的發源的。

學 生：那珠江呢？

老 師：珠江是中國五大河流之一，廣西、廣東還有香港的用水主要靠珠江。

學 生：五大河流是不是還有黑龍江和淮河？

老 師：對，淮河和秦嶺是中國南北方的分界線。還有京杭大運河是

129

```
shì jiè   zuì   cháng   de   yùn hé
世界     最     長    的   運河。
```

2．詞語

河流 héliú	河流
長江 Cháng Jiāng	長江
黃河 Huáng Hé	黃河
發源地 fāyuándì	發源地
珠江 Zhū Jiāng	珠江
黑龍江 Hēilóng Jiāng	黑龍江
淮河 Huái Hé	淮河
京杭大運河 Jīng Háng Dà Yùnhé	京杭大運河

3．知識要點

普通話的"還是"和粵語的"定係"、"重係"

　　粵語"係……定係"是用來表示選擇關係的關聯詞語，普通話可譯爲"是……還是……"，如"中國最長嘅河係長江定係黃河呀"，普通話説"中國最長的河是長江還是黃河"。其中的"還是"，是表示選擇關係的連詞，相當於粵語的"定係"。另外，普通話的"還是"還可以表示進一層的判斷，其中"還"是副詞，"是"是判斷詞，這種用法相當於粵語的"重係"，如"長江重係世界第三長嘅河流"，普通話説"長江還是世界第三長的河流"。可見，普通話的"還是"用法比較多，可以表示粵語"定係"和"重係"兩種意義。

4．練習

　　把下面的粵語説成普通話。

　　①珠江三角洲唔單止係廣東農産品生産基地，重係中國沿海及經濟開放區之一。

　　②今年暑假旅遊去黃山定係廬山呀？

5．參考答案

```
     Zhūjiāng   sānjiǎozhōu   bùjǐn   shì   Guǎngdōng   nóngchǎnpǐn   shēngchǎn
①    珠江       三角洲       不僅   是    廣東        農産品       生産
```

jī dì háishi Zhōngguó yánhǎi jīngjì kāifàngqū zhī yī
基地，還是 中 國 沿海 經濟 開放區 之 一。

Jīnnián shǔjià lǚyóu dào Huángshān háishi Lúshān
② 今年 暑假 旅遊 到 黃 山 還是 盧山？

附　錄

一、"普通話水平測試"簡介

中國國家語言文字工作委員會、國家教育委員會、廣播電影電視部，於 1994 年 10 月 30 日聯合發佈了《關於開展普通話水平測試工作的決定》，其中指出："普通話是國家推廣的全國通用語，掌握和使用一定水平的普通話，是我國各行各業人員，特別是教師、播音員、節目主持人、演員等專業人員必備的職業素質。因此，有必要在一定範圍內對某些崗位的人員進行普通話水平測試，並逐步實行普通話等級證書制度。""決定"的附件包括了《普通話水平測試實施辦法》（試行）《普通話水平測試等級標準》（試行）等。爲了貫徹"決定"的精神，有關部門組織專家編寫了《普通話水平測試大綱》，這個大綱經國家語委審定，作爲普通話統一測試的內容和要求。

普通話水平測試不是普通話系統知識的考試，不是文化水平考核，也不是口才的評估，是應試人運用普通話所達到的標準程度的檢測和評定。考試的內容包括普通話的語音、詞彙、語法。測試的形式一律採用口試，其中有些內容是有文字憑藉的，如讀單字和詞，朗讀文學作品等，有些內容是沒有文字憑藉的，如"說話"，就是應試人根據指定的話題，以單向說話爲主，必要時輔以主試人和應試人的雙向對話。考試的內容，在《普通話水平測試大綱》中有統一規定。《普通話水平測試大綱》是中國國家社會科學基金項目，劉照雄主編，經國家語委審定，吉林人民出版社 1994 年 11 月出版發行。大綱中列出了普通話常用詞語兩萬多條，註上規範讀音，對其中最常用、次常用詞語有所標明，考試時有所側重。大綱中還有《普通話與方言常用詞語對照表》《普通話與方言常見語法差異》，常用量詞的選擇、朗讀作品 50 篇、談話題目 50 則等內容。

大綱中還介紹試題的編制和樣卷，普通話水平測試試卷按照應試對象的不同分爲 1 型卷和 2 型卷兩類。1 型卷主要供通過漢語水平考試（HSK）申請進行普通話水平測試的外籍和外族人員使用，2 型卷供 1 型卷以外的人員使用。兩類試卷都包括以下五個部分的考試內容：讀單音節詞 100 個（目的是考查應試人的普通話聲母、韻母和聲調的發音）；讀雙音節詞 50 個（目的是除了考查應試人的普通話聲母、韻母、聲調的發音外，還要考查上聲變調、兒化韻和輕聲的讀音）；朗讀（從 50 篇朗讀材料中任選，目的是考查應試人用普通話朗讀書面材料的水平，重點考查語音、連續音變、語調等）；判斷測試（重點考查應試人普通話的詞彙、語法程度）；說話（目的是考查應試人在沒有文字憑藉的情況下，說普通話的能力和所能達到的規範程度）。

爲了幫助讀者學好普通話，我們參照《普通話水平測試大綱》的要求，結合粵方言的特點，編寫了一些練習，供讀者在學普通話的過程中自測自評參考。

二、語音測試

這部分主要是測試普通話常用詞的讀音。我們參考《普通話水平測試大綱》列出的普通話（口語和書面語）常用詞語，從中抽取一部分作普通話註音練習，以補充情景對話課文的詞彙量。同時我們還把一些講粵方言的人容易讀錯的字，編成有歸類作用的練習，以幫助讀者克服學習普通話的難點。

這部分，粵語註音用國際音標，普通話註音仍用《漢語拼音方案》。

1. 粵語同音字在普通話中的不同讀音

記住粵語同音字在普通話中的不同讀音，是學習普通話的難點之一。下面共八十組粵語同音字，請給它們分別註上普通話讀音並組成雙音節詞

(1) ［tʃɑ³³］榨、咋、炸

　　榨 zhà　　　　壓榨 yāzhà

　　炸 zhà　　　　炸彈 zhàdàn

　　　 zhá　　　　炸魚 zháyú

　　咋 ză　　　　 咋辦 ză bàn

(2) ［tʃʰɑi⁵³］猜、搓

　　猜 cāi　　　　猜測 cāicè

　　搓 cuō　　　　揉搓 róucuō

(3) ［hɑi¹¹］鞋、孩

　　鞋 xié　　　　皮鞋 píxié

　　孩 hái　　　　小孩 xiǎohái

(4) ［hɑi³³］…蟹、駭

　　蟹 xiè　　　　螃蟹 pángxiè

　　駭 hài　　　　驚駭 jīnghài

(5) ［hɑm¹¹］鹹、函

　　鹹 xián　　　　鹹淡 xiándàn

　　函 hán　　　　公函 gōnghán

(6) ［tʃɑp²］習、雜、集

　　習 xí　　　　　學習 xuéxí

　　雜 zá　　　　　雜亂 záluàn

　　集 jí　　　　　集中 jízhōng

(7) ［tʃʰɑt³］擦、刷、獺

　　擦 cā　　　　　磨擦 mócā

　　刷 shuā　　　　牙刷 yáshuā

　　獺 tǎ　　　　　水獺 shuǐtǎ

(8) ［pɑk³］拍、魄、柏、舶

　　拍 pāi　　　　拍打 pāidǎ

　　魄 pò　　　　 體魄 tǐpò

　　柏 bǎi　　　　柏樹 bǎishù

　　舶 bó　　　　 船舶 chuánbó

（9）［hɑk⁵］黑、刻

黑 hēi　　　　黑暗 hēi'àn

刻 kè　　　　刻苦 kèkǔ

（10）［ɑk⁵］握、扼

握 wò　　　　握手 wòshǒu

扼 è　　　　扼要 èyào

（11）［ŋɐi¹¹］危、霓

危 wēi　　　　危險 wēixiǎn

霓 ní　　　　霓虹燈 níhóngdēng

（12）［tʃɑu³⁵］找、爪、抓

找 zhǎo　　　　找到 zhǎodào

爪 zhǎo　　　　爪牙 zhǎoyá

　　zhuǎ　　　　鷄爪 jīzhuǎ

抓 zhuā　　　　抓住 zhuāzhù

（13）［wɐi¹³］偉、卉

偉 wěi　　　　偉大 wěidà

卉 huì　　　　花卉 huāhuì

（14）［tʃɐu³⁵］走、酒、帚

走 zǒu　　　　奔走 bēnzǒu

酒 jiǔ　　　　酒店 jiǔdiàn

帚 zhǒu　　　　掃帚 sàozhǒu

（15）［ʃɐu³³］秀、獸

秀 xiù　　　　優秀 yōuxiù

獸 shòu　　　　野獸 yěshòu

（16）［kɐu³⁵］九、狗

九 jiǔ　　　　第九 dìjiǔ

狗 gǒu　　　　走狗 zǒugǒu

（17）［kɐm⁵³］今、甘

今 jīn　　　　今天 jīntiān

甘 gān　　　　甘苦 gānkǔ

(18) [mɐn¹¹] 文、民

文 wén　　　文學 wénxué

民 mín　　　人民 rénmín

(19) [tʃɐn⁵³] 真、嗔

真 zhēn　　　真實 zhēnshí

嗔 chēn　　　嗔怒 chēnnù

(20) [tʃʰɐn⁵³] 親、瞋

親 qīn　　　親人 qīnrén

瞋 chēn　　　瞋目 chēnmù

(21) [jɐn⁵³] 因、恩、欣

因 yīn　　　原因 yuányīn

恩 ēn　　　恩情 ēnqíng

欣 xīn　　　欣賞 xīnshǎng

(22) [kɐn⁵³] 斤、筋、根、跟

斤 jīn　　　斤兩 jīnliǎng

筋 jīn　　　筋骨 jīngǔ

根 gēn　　　根本 gēnběn

跟 gēn　　　跟着 gēnzhe

(23) [hɐn³⁵] 懇、墾、狠

懇 kěn　　　懇求 kěnqiú

墾 kěn　　　開墾 kāikěn

狠 hěn　　　狠毒 hěndú

(24) [mɐt²] 物、密、襪

物 wù　　　事物 shìwù

密 mì　　　密碼 mìmǎ

襪 wà　　　襪子 wàzi

(25) [mɐk²] 麥、脈、墨

麥 mài　　　麥子 màizi

脈 mài　　　山脈 shānmài

墨 mò　　　墨水 mòshuǐ

136

(26) ［faŋ⁵³］方、芳、慌、荒

方 fāng　　　　四方 sìfāng
芳 fāng　　　　芳草 fāngcǎo
慌 huāng　　　慌亂 huāngluàn
荒 huāng　　　荒地 huāngdì

(27) ［woŋ¹¹］王、黄、皇

王 wáng　　　王國 wángguó
黄 huáng　　　黄昏 huánghūn
皇 huáng　　　皇帝 huángdì

(28) ［tʻou¹¹］圖、途、桃、陶

圖 tú　　　　　圖畫 túhuà
途 tú　　　　　前途 qiántú
桃 táo　　　　桃花 táohuā
陶 táo　　　　陶瓷 táocí

(29) ［ʃou⁵³］蘇、騷、鬚

蘇 sū　　　　　蘇醒 sūxǐng
騷 sāo　　　　風騷 fēngsāo
鬚 xū　　　　　鬍鬚 húxū

(30) ［hoŋ⁵³］空、兇、胸

空 kōng　　　　空氣 kōngqì
兇 xiōng　　　兇惡 xiōng'è
胸 xiōng　　　胸膛 xiōngtáng

(31) ［hoŋ¹¹］紅、洪、雄、熊

紅 hóng　　　　紅旗 hóngqí
洪 hóng　　　　洪水 hóngshuǐ
雄 xióng　　　英雄 yīngxióng
熊 xióng　　　熊猫 xióngmāo

(32) ［tʃuk⁵］粥、足、捉

粥 zhōu　　　　煲粥 bāozhōu
足 zú　　　　　足球 zúqiú

捉 zhuō　　　　捉弄 zhuōnòng

(33)［ʃik⁵］熄、色、式、析

熄 xī　　　　　熄滅 xīmiè

析 xī　　　　　分析 fēnxī

色 sè　　　　　色彩 sècǎi

式 shì　　　　　式樣 shìyàng

(34)［mei²²］未、味、魅、寐

未 wèi　　　　　未來 wèilái

味 wèi　　　　　味道 wèidào

魅 mèi　　　　　魅力 mèilì

寐 mèi　　　　　夢寐 mèngmèi

(35)［tʃʰœk³］卓、芍、綽

卓 zhuō　　　　卓越 zhuōyuè

芍 sháo　　　　芍藥 sháoyào

綽 chuò　　　　綽約 chuò yuē

(36)［tʃœy¹¹］徐、除、隨、厨

徐 xú　　　　　徐徐 xúxú

除 chú　　　　除非 chúfēi

隨 suí　　　　隨便 suíbiàn

厨 chú　　　　厨房 chúfáng

(37)［ʃœn³³］信、迅、訊

信 xìn　　　　相信 xiāngxìn

迅 xùn　　　　迅速 xùnsù

訊 xùn　　　　通訊 tōngxùn

(38)［tʃi²²］自、寺、豸、字、祀

自 zì　　　　　自己 zìjǐ

寺 sì　　　　　寺廟 sìmiào

豸 zhì　　　　蟲豸 chóngzhì

字 zì　　　　　文字 wénzì

祀 sì　　　　　祭祀 jìsì

138

（39）［tʃʰi⁵³］雌、笞、疵

　　雌 cí　　　　　雌雄 cíxióng
　　笞 chī　　　　鞭笞 biānchī
　　疵 cī　　　　　瑕疵 xiácī

（40）［tʃʰi³⁵］此、柿、齒、始

　　此 cǐ　　　　　因此 yīncǐ
　　柿 shì　　　　柿子 shìzi
　　齒 chǐ　　　　牙齒 yáchǐ
　　始 shǐ　　　　開始 kāishǐ

（41）［tʃʰi³³］次、廁、幟、熾、翅、賜

　　次 cì　　　　　其次 qícì
　　廁 cè　　　　　廁所 cèsuǒ
　　幟 zhì　　　　旗幟 qízhì
　　熾 chì　　　　熾熱 chìrè
　　翅 chì　　　　翅膀 chìbǎng
　　賜 cì　　　　　恩賜 ēncì

（42）［tʃʰi¹¹］池、遲、詞、臍

　　池 chí　　　　水池 shuǐchí
　　遲 chí　　　　遲到 chídào
　　詞 cí　　　　　詞語 cíyǔ
　　臍 qí　　　　　臍帶 qídài

（43）［ʃi⁵³］師、詩、施、絲、思、司

　　師 shī　　　　老師 lǎoshī
　　詩 shī　　　　詩歌 shīgē
　　施 shī　　　　措施 cuòshī
　　絲 sī　　　　　絲綢 sīchóu
　　思 sī　　　　　思想 sīxiǎng
　　司 sī　　　　　上司 shàngsī

（44）［ʃi³³］試、使、肆

　　試 shì　　　　試驗 shìyàn

使 shǐ   使用 shǐyòng

肆 sì   肆意 sìyì

(45) [pei³⁵] 比、畀

比 bǐ   比較 bǐjiào

畀 bì   畀以重任 bì yǐ zhòng rèn

(46) [pei³³] 秘、庇

秘 mì   秘密 mìmì

庇 bì   庇護 bìhù

(47) [pei²²] 被、鼻、避、備

被 bèi   被動 bèidòng

鼻 bí   鼻子 bízi

避 bì   逃避 táobì

備 bèi   準備 zhǔnbèi

(48) [ji³⁵] 倚、綺、椅

倚 yǐ   倚仗 yǐzhàng

綺 qǐ   綺麗 qǐlì

椅 yǐ   椅子 yǐzi

(49) [ji¹¹] 宜、兒、誼

宜 yí   適宜 shìyí

兒 ér   兒童 értóng

誼 yì   友誼 yǒuyì

(50) [ji¹³] 以、耳、擬

以 yǐ   以後 yǐhòu

耳 ěr   耳朵 ěrduō

擬 nǐ   擬訂 nǐdìng

(51) [ji²²] 異、二、肄

異 yì   異常 yìcháng

二 èr   第二 dì'èr

肄 yì   肄業 yìyè

(52) [mei¹¹] 眉、微、糜

眉 méi　　　　　眉毛 méimáo

微 wēi　　　　　微小 wēixiǎo

糜 mí　　　　　糜爛 mílàn

(53)［mei¹³］尾、美、娓

尾 wěi　　　　　尾巴 wěiba

美 měi　　　　　美麗 měilì

娓 wěi　　　　　娓娓 wěiwěi

(54)［nei¹³］你、您

你 nǐ

您 nín

(55)［nei²²］膩、餌

膩 nì　　　　　　油膩 yóunì

餌 ěr　　　　　　魚餌 yú'ěr

(56)［lei¹³］理、履、娌

理 lǐ　　　　　　道理 dàolǐ

履 lǔ　　　　　　履歷 lǚlì

娌 lǐ　　　　　　妯娌 zhóulǐ

(57)［jin²²］現、莧、諺、唁

現 xiàn　　　　　現代 xiàndài

莧 xiàn　　　　　莧菜 xiàncài

諺 yàn　　　　　諺語 yànyǔ

唁 yàn　　　　　弔唁 diàoyàn

(58)［hin³⁵］顯、遣、譴

顯 xiǎn　　　　　明顯 míngxiǎn

遣 qiǎn　　　　　派遣 pàiqiǎn

譴 qiǎn　　　　　譴責 qiǎnzé

(59)［tʃit³］節、折、浙

節 jié　　　　　　節日 jiérì

折 zhé　　　　　折斷 zhéduàn

浙 zhè　　　　　浙江 zhèjiāng

(60) [tʃʻit³] 切、撤、設

切 qiè　　　一切 yīqiè

撤 chè　　　撤退 chètuì

設 shè　　　建設 jiànshè

(61) [fu³³] 庫、褲、富

庫 kù　　　倉庫 cāngkù

褲 kù　　　褲子 kùzi

富 fù　　　財富 cáifù

(62) [kwʻui³⁵] 繪、劊

繪 huì　　　描繪 miáohuì

劊 guì　　　劊子手 guìzishǒu

(63) [pun²²] 伴、胖、叛

伴 bàn　　　同伴 tóngbàn

胖 pàng　　　肥胖 féipàng

叛 pàn　　　叛徒 pàntú

(64) [fun⁵³] 歡、寬

歡 huān　　　歡樂 huānlè

寬 kuān　　　寬大 kuāndà

(65) [jy¹¹] 如、儒、餘、漁

如 rú　　　如果 rúguǒ

儒 rú　　　儒家 rújiā

餘 yú　　　多餘 duōyú

漁 yú　　　漁夫 yúfū

(66) [jy¹³] 宇、羽、乳

宇 yǔ　　　宇宙 yǔzhòu

羽 yǔ　　　羽毛 yǔmáo

乳 rǔ　　　乳汁 rǔ zhī

(67) [lyn¹¹] 聯、巒、攣

聯 lián　　　聯繫 liánxì

巒 luán　　　山巒 shānluán

孿 luán　　　　孿生 luánshēng

(68)［tʃyn⁵³］專、尊、磚

專 zhuān　　　　專心 zhuānxīn

尊 zūn　　　　　尊敬 zūnjìng

磚 zhuān　　　　磚瓦 zhuānwǎ

(69)［tʃʰyn⁵⁵］穿、川、村

穿 chuān　　　　穿過 chuānguò

川 chuān　　　　山川 shānchuān

村 cūn　　　　　村莊 cūnzhuāng

(70)［tʃʰyn¹¹］全、泉、存、傳、栓

全 quán　　　　全部 quánbù

泉 quán　　　　泉水 quánshuǐ

栓 shuān　　　　門栓 ménshuān

存 cún　　　　　保存 bǎocún

傳 chuán　　　　傳達 chuándá

(71)［ʃyn⁵³］酸、宣

酸 suān　　　　酸醋 suāncù

宣 xuān　　　　宣佈 xuānbù

(72)［ʃyn¹¹］船、旋

船 chuán　　　　船隻 chuánzhī

旋 xuán　　　　旋轉 xuánzhuǎn

(73)［ʃyn³⁵］選、損

選 xuǎn　　　　選舉 xuǎnjǔ

損 sǔn　　　　　損害 sǔnhài

(74)［jyn¹¹］源、懸、紈、鉛、玄

源 yuán　　　　來源 láiyuán

懸 xuán　　　　懸掛 xuánguà

紈 wán　　　　　紈絝 wánkù

鉛 qiān　　　　鉛筆 qiānbǐ

玄 xuán　　　　玄妙 xuánmiào

(75)　[jyn³⁵] 婉、院、園、苑、縣、丸

　　婉 wǎn　　　　婉轉 wǎnzhuǎn

　　院 yuàn　　　　院子 yuànzi

　　園 yuán　　　　園林 yuánlín

　　縣 xiàn　　　　縣城 xiànchéng

　　丸 wán　　　　魚丸 yúwán

　　苑 yuàn　　　　文苑 wényuàn

(76)　[hyn⁵⁵] 喧、圈

　　喧 xuān　　　　喧鬧 xuānnào

　　圈 quān　　　　圈套 quāntào

(77)　[hyn³³] 勸、券、絢

　　勸 quàn　　　　勸告 quàngào

　　券 quàn　　　　新券 xīnquàn

　　絢 xuàn　　　　絢麗 xuànlì

(78)　[jyt²] 乙、粵、穴

　　乙 yǐ　　　　　甲乙 jiá yǐ

　　粵 yuè　　　　粵劇 yuèjù

　　穴 xué　　　　洞穴 dòngxué

(79)　[tʃˈyt³] 撮、茁、猝、拙

　　撮 cuō　　　　撮合 cuō hé

　　茁 zhuó　　　　茁壯 zhuózhuàng

　　猝 cù　　　　　倉猝 cāngcù

　　拙 zhuō　　　　笨拙 bènzhuō

(80)　[kˈwai¹¹] 携、葵

　　携 xié　　　　携帶 xiédài

　　葵 kuí　　　　葵花 kuíhuā

2．普通話聲母測試

(1) 下列單字粵語聲母相同，在普通話裏往往讀作不同的聲母，請留意它們的對應情況：

①下列字，粤語聲母是［p］，普通話讀作爲 b 或 p，請把這些字按聲母的不同分爲兩類註音，並把每個字組成雙音節詞。

八、白、胖、扮、搬、幫、奔、埔、坡、迫、品、乒（兵）

答案：b：八—八掛 bāguà　　　　白—雪白 xuébái

　　　　扮—打扮 dǎbàn　　　　搬—搬運 bānyùn

　　　　幫—幫忙 bāngmáng　　　奔—奔走 bēnzǒu

　　　p：胖—胖子 pàngzi　　　　埔—黃埔 huángpǔ

　　　　坡—山坡 shānpō　　　　迫—壓迫 yāpò

　　　　品—品質 pǐnzhì　　　　乒—乒乓 pīngpāng

②下列字粤語聲母是［pʻ］，普通話讀作 b 或 p，請分兩類註音並組詞。

怕、派、倍、片、抱、貧、柏、破、傍、豹、判、婢

答案：p：怕—害怕 hàipà　　　　派—派別 pàibié

　　　　片—片刻 piànkè　　　　貧—貧窮 pínqióng

　　　　判—判斷 pànduàn　　　破—破壞 pòhuài

　　　b：倍—百倍 bǎibèi　　　　抱—抱歉 bàoqiàn

　　　　柏—柏樹 bǎishù　　　　傍—傍晚 bàngwǎn

　　　　婢—婢女 bìnǚ　　　　　豹—豹子 bàozi

③下列字粤語聲母是［f］，普通話讀作 f 或 h（f 爲主），請分兩類註音並組詞。

發、罰、還、飯、忽、廢、分、福、花、揮、火、恢

答案：f：發—發覺 fājué　　　　罰—罰款 fákuǎn

　　　　飯—飯店 fàndiàn　　　廢—廢氣 fèiqì

　　　　分—分別 fēnbié　　　　福—福利 fúlì

　　　h：還—還是 háishì　　　　忽—忽然 hūrán

　　　　揮—揮舞 huīwǔ　　　　花—花朵 huāduǒ

　　　　恢—恢復 huīfù　　　　　火—發火 fāhuǒ

④下列字粤語聲母是［m］，普通話讀作 m 或 w 開頭的零聲母，請分兩類註音並組詞。

猛、謀、網、迷、聞、問、渺、萬、忘、晚、牧、勉

答案：m：猛—猛烈 měngliè　　　迷—迷信 míxìn

勉—勉强 miǎnqiǎng　　　渺—渺小 miǎoxiǎo
　　謀—謀求 móuqiú　　　　牧—牧區 mùqū
w:　晚—晚上 wǎnshàng　　　萬—萬歲 wànsuì
　　網—網球 wǎngqiú　　　　忘—忘記 wàngjì
　　聞—聞名 wénmíng　　　　問—問候 wènhòu

　　⑤下列字，粵語聲母是［t］，普通話讀作 d（大多數）或 t（少數），請分兩類註音並組詞。

　　慟、腆、敵、底、墮、凸、特、端、突、底、杜、耽

答案：d：耽—耽誤 dānwù　　　敵—敵對 díduì
　　　　底—底下 dǐxia　　　　　端—端正 duānzhèng
　　　　墮—墮落 duòluò　　　　杜—杜絕 dùjué
　　　t：踏—踏實 tāshi　　　　　特—特別 tèbié
　　　　突—突然 tūrán　　　　　凸—凸起 tūqǐ
　　　　腆—靦腆 miǎntiǎn　　　慟—慟哭 tòngkū

　　⑥下列字，粵語聲母是［tʻ］，普通話讀作 t（大多數）或 d（少數），請分兩類註音並組詞。

　　探、堤、淘、替、禱、態、淡、舵、倘、盾、塔、怠

答案：t：探—探測 tàncè　　　　倘—倘若 tǎngruò
　　　　替—替換 tìhuàn　　　　塔—水塔 shuǐtǎ
　　　　態—態度 tàidù　　　　　淘—淘汰 táotài
　　　d：怠—怠慢 dàimàn　　　　堤—堤岸 dī'àn
　　　　盾—矛盾 máodùn　　　　淡—清淡 qīngdàn
　　　　舵—舵手 duòshǒu　　　　禱—祈禱 qídǎo

　　⑦下列字，廣州話聲母是［k］，普通話讀作 g 或 j，請把這些字分兩類註音並組詞。

　　幾、幹、江、耿、肩、蓋、狡、崗、工、卷、記、根

答案：g：幹—幹部 gànbù　　　　蓋—鍋蓋 guōgài
　　　　根—根本 gēnběn　　　　崗—崗位 gǎngwèi
　　　　耿—耿直 gěngzhí　　　　工—工人 gōngrén
　　　j：幾—幾何 jǐhé　　　　　介—介紹 jièshào
　　　　卷—試卷 shìjuàn　　　　狡—狡猾 jiǎohuá

記—記憶 jìyì　　　　肩—肩膀 jiānbǎng

⑧下列字，廣州話聲母是［ŋ］，普通話没有［ŋ］聲母，這些字
分別變爲 i、u、ɑ 開頭的零聲母音節。請把這些字分組註音並組詞。

　　挨、岸、熬、僞、巍、瓦、芽、崖、詣、涯

答案：ɑ：挨—挨打 áidǎ　　　　岸—河岸 hé'àn
　　　　熬—熬煎 áojiān
　　u（w）：僞—虚僞 xūwèi　　　巍—巍峨 wēi'é
　　　　瓦—瓦解 wǎjiě
　　i（y）：芽—萌芽 méngyá　　　崖—山崖 shānyá
　　　　詣—造詣 zàoyì　　　　涯—天涯 tiānyá

⑨下列字，廣州話聲母是［k‘］，在普通話中分別讀作 q、j、k。
請把這些字分三組註音並組詞。

　　拳、鉗、芹、訣、稽、鯨、扣、咳、磕、銬

答案：q：拳—拳頭 quántou　　　鉗—鉗工 qiángōng
　　　　芹—芹菜 qíncài
　　　j：訣—秘訣 mìjué　　　　稽—滑稽 huájī
　　　　鯨—鯨魚 jīngyú
　　　k：扣—扣留 kòulíu　　　　咳—咳嗽 késòu
　　　　磕—磕頭 kētóu　　　　銬—手銬 shǒukào

⑩下列字，粵語聲母是［kw］，在普通話裏，分別讀作 g 和 j。請
把這些字分兩組註音並組詞。

　　季、炯、戈、鬼、郡、慣、倔、瓜

答案：g：鬼—鬼子 guǐzi　　　　慣—習慣 xíguàn
　　　　瓜—西瓜 xīgua　　　　戈—干戈 gāngē
　　　j：季—春季 chūnjì　　　　炯—炯炯 jiǒngjiǒng
　　　　郡—郡縣 jùnxiàn　　　倔—倔强 juéjiàng

⑪下列字，粵語聲母是［w］，在普通話裏分別讀作 h 或 u、i 開
頭的零聲母。請把這些字分三組註音並組詞。

　　挖、遺、獲、混、偎、穎、横、壞、永、歪、娃、毀

147

答案：u（w）：挖—挖掘 wājué　　歪—歪邪 wāixié

　　　　　娃—娃娃 wáwa　　偎—依偎 yīwēi

　　i（y）：遺—遺失 yíshī　　穎—新穎 xīnyǐng

　　　　　永—永遠 yǒngyuǎn

　　h：穫—收穫 shōuhuò　　混—混亂 hùnluàn

　　　橫—蠻橫 mánhèng　　壞—毀壞 huǐhuài

⑫下列字，粵語聲母是［h］，在普通話分別讀作 h、k、q、x。請把這些字分四組註音並組詞。

　　希、向、罕、狠、許、黑、喊、孔、凱、乞、恰、軒、哈、怯、坑、考、雄、害、犬

答案：h：罕—稀罕 xīhǎn　　黑—黑暗 hēi'àn

　　　喊—喊叫 hǎnjiào　　哈—哈哈 hāhā

　　　狠—狠心 hěnxīn

　　k：坑—坑道 kēngdào　　凱—凱旋 kǎixuán

　　　孔—鼻孔 bíkǒng　　考—考驗 kǎoyàn

　　q：乞—乞丐 qǐgài　　恰—恰巧 qiàqiǎo

　　　怯—膽怯 dǎnqiè　　犬—野犬 yěquǎn

　　x：希—希望 xīwàng　　向—方向 fāngxiàng

　　　許—許多 xǔduō　　軒—軒昂 xuān'áng

⑬下列字，粵語聲母是［j］，在普通話裏分別讀作 r、x 或 i、u、e 開頭的零聲母。請把這些字分組註音並組詞。

　　熱、仍、酗、欣、沃、丸、恩、兒、爺、優、耳、翁、英、銳、若、旭、釁、穴、貳、蜿、窈

答案：r：熱—熱情 rèqíng　　仍—仍然 réngrán

　　　若—假若 jiǎruò　　銳—精銳 jīngruì

　　x：穴—巢穴 cháoxué　　釁—挑釁 tiǎoxìn

　　　旭—旭日 xùrì　　酗—酗酒 xùjiǔ

　　　欣—歡欣 huānxīn

　　i（y）：英—英雄 yīngxióng　　爺—爺爺 yéye

　　　　　優—優秀 yōuxiù　　窈—窈窕 yǎotiǎo

　　e：恩—恩情 ēnqíng　　耳—耳目 ěrmù

　　　兒—兒子 érzī　　貳—貳拾 èrshí

　　u（w）：丸—湯丸 tāngwán

148

翁—老翁 lǎowēng　　　蜿—蜿蜒 wānyán

沃—肥沃 féiwò

(2) 粵語沒有 zh、z、j 這三組聲母，要記住這些聲母的單字，必須下點功夫，偏旁類推是幫助記憶的方法之一。試給下列各組聲旁相同的字註音，並組詞。

①主（zh）：住、駐、注、柱、蛀

答案：住—居住 jūzhù　　　駐—駐軍 zhùjūn

注—注入 zhùrù　　　柱—石柱 shízhù

蛀—蛀蟲 zhùchóng

②且（z）：租、組、阻、祖

答案：租—租賃 zūlìn　　　組—組織 zǔzhī

阻—阻礙 zǔ'ài　　　祖—祖國 zǔguó

③直（zh）：值、植、殖

答案：值—值班 zhíbān　　　植—植物 zhíwù

殖—繁殖 fánzhí

④中（zh）：鐘、衷、腫、種、仲

答案：鐘—鐘錶 zhōngbiǎo　　　衷—衷心 zhōngxīn

腫—腫脹 zhǒngzhàng　　　種—種子 zhǒngzi

種—種植 zhòngzhí　　　仲—仲裁 zhòngcái

⑤曾（z）：憎、增、贈、甑

答案：憎—憎恨 zēnghèn　　　增—增加 zēngjiā

甑—甑子 zèngzi　　　贈—贈送 zèngsòng

⑥幾（j）：譏、機、肌、饑、蟣

答案：譏—譏笑 jīxiào　　　機—機會 jīhuì

肌—肌肉 jīròu　　　饑—饑餓 jī'è

蟣—蟣子 jǐzi（虱子的卵）

⑦昌（ch）：猖、娼、唱

答案：昌—昌盛 chāngshèng 　　　猖—猖狂 chāngkuáng

　　　娼—暗娼 ànchāng 　　　　唱—合唱 héchàng

　　⑧垂（ch）：捶、錘、陲

答案：垂—垂直 chuízhí 　　　捶—捶打 chuídǎ

　　　錘—鐵錘 tiěchuí 　　　陲—邊陲 biānchuí

　　⑨倉（c）：蒼、滄、艙

答案：倉—倉庫 cāngkù 　　　蒼—蒼翠 cāngcuì

　　　滄—滄桑 cāngsāng 　　　艙—船艙 chuáncāng

　　⑩卒（c）：萃、悴、淬、瘁、粹、猝

答案：萃—薈萃 huìcuì 　　　悴：憔悴 qiáocuì

　　　淬—淬火 cuìhuǒ 　　　瘁—心力交瘁 xínlìjiāocuì

　　　粹—純粹 chúncuì 　　　猝—猝死 cùsǐ

　　⑪其（q）：期、欺、旗、麒、棋

答案：其—其他 qítā 　　　　期—期望 qīwàng

　　　旗—國旗 guóqí 　　　　欺—欺侮 qīwǔ

　　　麒—麒麟 qílín 　　　　棋—象棋 xiàngqí

　　⑫式（sh）：試、軾、拭、弒

答案：式—方式 fāngshì 　　　試—考試 kǎoshì

　　　軾—車軾 chēshì 　　　　拭—拂拭 fúshì

　　　弒—遇弒 yùshì

　　⑬叟（s）：螋、餿、嗖、搜、艘

答案：叟—老叟 lǎosǒu 　　　餿—餿主意 sōuzhǔyi

　　　嗖—嗖的一聲 sōudeyīshēng

　　　搜—搜捕 sōubǔ 　　　　艘——艘船 yīsōuchuán

　　　螋—蠼螋 qúsōu

　　⑭肖（x）：消、宵、逍、霄、硝、銷、削

150

答案：肖—姓肖 xìngXiāo　　　肖—肖像 xiàoxiàng
　　　消—消除 xiāochú　　　宵—通宵 tōngxiāo
　　　逍—逍遥 xiāoyáo　　　霄—雲霄 yúnxiāo
　　　硝—硝石 xiāoshí　　　銷—推銷 tuīxiāo
　　　削—削皮 xiāopí　　　削—剥削 bōxuē

⑮壬（r）：任、荏、飪、妊
答案：任—姓任 xìngRén　　　任—任務 rènwù
　　　荏—荏苒 rěnrǎn　　　飪—烹飪 pēngrèn
　　　妊—妊娠 rènshēn　　　壬—rén（天干的第九位）

⑯容（r）：溶、熔、榕、蓉
答案：容—容易 róngyì　　　溶—溶化 rónghuà
　　　熔—熔煉 róngliàn　　　榕—榕樹 róngshù
　　　蓉—芙蓉 fúróng

（3）粵語不重視 n、l 這兩個聲母發音的區別，有些人容易混淆。説普通話時，必須嚴格區分 n 和 l 不然會影響詞義的表達。普通話裏，發 n 聲母的字少，發 l 聲母的字多，我們可用記少不記多和偏旁類推的方法幫助記憶。

①下列字，普通話聲母都是 n，試用這些字作聲旁，類推出聲母相同的其他字。
　　那、内、寧、奴
答案：那—哪 nǎ；那 nà；挪、娜 nuó
　　　奴—奴、孥、駑 nú；努 nǔ；怒 nù
　　　内—内 nèi；訥 nè；呐、衲、鈉 nà
　　　寧—寧、擰、嚀、檸 níng；寧（寧可）、濘 nìng

②下列字，普通話聲母都是 l，試用這些字作聲旁，類推出其他聲母相同的字。
　　里、良、令、勞、留、力、盧、龍、侖、婁
答案：里—厘、狸 lí；里、理 lǐ；量 liàng
　　　良—良、糧 liáng；郎、廊、狼、琅、榔、螂 láng；朗 lǎng；浪 làng

令—伶、玲、鈴、羚、聆、蛉、零、齡 líng；嶺、領 lǐng；令 lìng；鄰 lín；憐 lián

勞—撈 lāo；勞、癆 láo；澇 lào

留—溜 liū；留、餾、榴、瘤 liú

力—力、荔 lì；劣 liè；肋 lèi；勒 lè

盧—盧、瀘、廬、蘆、爐、顱、轤 lú；驢 lǘ

龍—龍、嚨、聾、籠 lóng；隴、壟、攏 lǒng

侖—掄 lūn；侖、倫、淪、輪 lún；論 lùn

婁—婁、嘍、樓 lóu；摟、簍 lǒu；縷、屢 lǚ

③下列字，普通話聲母是 l 或 n，試把這些字分兩組註音並組詞。

南、農、烈、連、雷、念、泥、臉、蘭、戀

答案：l：烈、連、雷、臉、蘭、戀

烈—熱烈 rèliè　　　　連—連接 liánjiē

雷—雷雨 léiyǔ　　　　臉—臉蛋 liǎndànr

蘭—蘭花 lánhuā　　　　戀—戀愛 liàn'ài

n：南、農、念、泥

南—南方 nánfāng　　　農—農民 nóngmín

念—懷念 huáiniàn　　　泥—泥土 nítǔ

3. 普通話韻母測試

(1) 普通話有些韻母，粵語沒有，學講普通話時，要特別注意這些韻母的發音。

A. 普通話韻母 "er"

粵語裏沒有 "er" 韻母。說粵語的人，讀普通話 "er" 韻母時，容易讀成 "i"。請給下列各組單字註音，並分別組成雙音節詞，注意區別韻母 er 和 i 的發音。

①兒、而、移、宜　②爾、邇、自、以、椅

③二、貳、易、義　④餌、洱、利

答案：①兒、而、移、宜

兒—ér　　　嬰兒 yīng'ér

而—ér　　　反而 fǎn'ér

移—yí　　　移動 yídòng

宜—yí   適宜 shìyí
②爾、邇、耳、以、椅
　爾—ěr   偶爾 ǒu'ěr
　邇—ěr   遐邇 xiá'ěr
　耳—ěr   耳朵 ěrduo
　以—yǐ   以免 yǐmiǎn
　椅—yǐ   桌椅 zhuōyǐ
③二、貳、易、義
　二—èr   二流子 èrliúzi
　貳—èr   貳心 èrxīn
　易—yì   易拉罐 yìlāguàn
　義—yì   起義 qǐyì
④餌、洱、利
　餌—ěr   果餌 guǒ'ěr
　洱—ěr   洱海 Ěrhǎi
　利—lì   利益 lìyì

B. 普通話韻母 "ing"

　　粵語沒有韻母 "ing"，粵音 "英" 的韻母〔iŋ〕，開口度比普通話韻母 "ing" 要大一點，注意讀準下列單字，並組詞。

　　應、英、櫻、贏、營、盈、穎、影、映

答案：應—yīng   應當 yīngdāng
　　　　yìng   應酬 yìngchóu
　　　英—yīng   英明 yīngmíng
　　　　　　　　 英俊 yīngjùn
　　　櫻—yīng   櫻花 yīnghuā
　　　贏—yíng   贏得 yíngdé
　　　　　　　　 贏利 yínglì
　　　營—yíng   營壘 yínglěi
　　　　　　　　 營救 yíngjiù
　　　盈—yíng   盈餘 yíngyú
　　　　　　　　 盈虧 yíngkuī
　　　穎—yǐng   聰穎 cōngyǐng
　　　影—yǐng   影射 yǐngshè
　　　　　　　　 電影 diànyǐng
　　　映—yìng   反映 fǎnyìng
　　　　　　　　 放映 fàngyìng

C. 普通話韻母 "eng"

粵語沒有韻母 "eng"，粵音 "鶯" 的韻母 [eŋ]，開口度比普通話韻母 "eng" 要大一點。注意讀準下列單字，並組詞。

崩、迸、盟、夢、坑、衡、蒸、整、鄭、逞、勝、省、扔、憎、僧、層

答案：
崩—bēng	崩潰 bēngkuì
迸—bèng	迸裂 bèngliè
盟—méng	結盟 jiéméng
夢—mèng	夢想 mèngxiǎng
坑—kēng	坑害 kēnghài
衡—héng	平衡 pínghéng
蒸—zhēng	蒸發 zhēngfā
整—zhěng	調整 tiáozhěng
鄭—zhèng	鄭重 zhèngzhòng
逞—chěng	逞能 chěngnéng
勝—shèng	勝利 shènglì
省—shěng	節省 jiéshěng
扔—rēng	扔球 rēngqiú
憎—zēng	憎恨 zēnghèn
僧—sēng	僧人 sēngrén
層—céng	層次 céngcì

D. 普通話韻母 "en"

粵語沒有韻母 "en"，粵音 "奀" 的韻母 [ɐn]，開口度，比普通話韻母 "en" 要大一點。注意讀準下列單字，並組詞。

笨、盆、氛、墳、糞、啃、痕、診、鎮、琛、趁、紳、嬸、慎、腎、刃、岑、森

答案：
笨—bèn	愚笨 yúbèn
盆—pén	花盆 huāpén
氛—fēn	氣氛 qìfēn
墳—fén	墳墓 fénmù
糞—fèn	大糞 dàfèn
啃—kěn	啃青 kěnqīng（牲畜吃青苗）
痕—hén	傷痕 shānghén
診—zhěn	診治 zhěnzhì

154

鎮—zhèn　　城鎮 chénzhèn
琛—chēn　　琛（珍寶）
趁—chèn　　趁勢 chènshì
紳—shēn　　紳士 shēnshì
嬸—shěn　　大嬸 dàshěn
慎—shèn　　慎重 shènzhòng
腎—shèn　　腎臟 shènzàng
刃—rèn　　　刀刃 dāorèn
岑—cén　　　姓岑 xìngCén
森—sēn　　　森林 sēnlín

E. 普通話"u"作韻頭（介音）的韻母

　　粵語沒有 u 作韻頭（介音）的韻母，說粵語的人，講普通話，容易把普通話韻母 ua、uo、uai、uei、uan、uen、uang、ueng 的韻頭丟失。讀準下列單字，並組詞，注意有介音"u"的，不要漏讀。

　　　　刮、尬、挫、湊、率、曬、灰、黑、緩、喊、婚、分、荒、
　　　　坊、翁、擁

答案：刮—guā　　　刮目 guāmù
　　　尬—gà　　　　尷尬 gāngà
　　　挫—cuò　　　挫折 cuòzhé
　　　湊—còu　　　湊合 còuhé
　　　率—shuài　　率領 shuàilǐng
　　　曬—shài　　　曬圖 shàitú
　　　灰—huī　　　灰暗 huī'àn
　　　黑—hēi　　　黑市 hēishì
　　　緩—huǎn　　緩和 huǎnhé
　　　喊—hǎn　　　叫喊 jiàohǎn
　　　婚—hūn　　　婚姻 hūnyīn
　　　分—fēn　　　分離 fēnlí
　　　荒—huāng　　荒唐 huāngtáng
　　　坊—fāng　　　街坊 jiēfāng
　　　翁—wēng　　老翁 lǎowēng

F. 普通話"i"作韻頭的韻母

　　粵語沒有 i 作韻頭的韻母

說粵語的人，講普通話，容易把普通話韻母 ia, ie, iao, iou, ian, iang 的韻頭丟失。讀準下列單字，並組詞，注意有介音 "i" 的不要漏讀。

倆、兩、懶、狹、剎、跌、德、蔑、麼、洩、色、角、澡、鑰、澳、謬、謀、休、搜、斑、編、縣、散、腔、滄

答案：倆—liǎ　　　　夫妻倆 fūqīliǎ
　　　兩—liǎng　　　兩可 liǎngkě
　　　懶—lǎn　　　　懶惰 lǎnduò
　　　狹—xiá　　　　狹窄 xiázhǎi
　　　剎—shā　　　　剎車 shāchē
　　　跌—dié　　　　跌倒 diédǎo
　　　德—dé　　　　　道德 dàodé
　　　蔑—miè　　　　蔑視 mièshì
　　　麼—me　　　　　什麼 shénme
　　　洩—xiè　　　　發洩 fāxiè
　　　色—sè　　　　　顏色 yánsè
　　　角—jiǎo　　　　角落 jiǎoluò
　　　澡—zǎo　　　　洗澡 xǐzǎo
　　　鑰—yào　　　　鑰匙 yàoshi
　　　澳—ào　　　　　澳門 àomén
　　　謬—miù　　　　謬論 miùlùn
　　　謀—móu　　　　計謀 jìmóu
　　　休—xiū　　　　罷休 bàxiū
　　　搜—sōu　　　　搜捕 sōubǔ
　　　斑—bān　　　　雀斑 quèbān
　　　編—biān　　　　編輯 biānjí
　　　縣—xiàn　　　　縣長 xiànzhǎng
　　　散—sàn　　　　散心 sànxīn
　　　腔—qiāng　　　腔調 qiāngdiào
　　　滄—cāng　　　　滄海 cānghǎi

G. 普通話 "ü" 作韻頭（介音）的韻母

粵語没有 ü 作韻頭的韻母，說粵語的人，講普通話，容易把普通話韻母 üe, üan, ioug 的韻頭丟失。讀準下列單字並組詞，注意有介音 "ü" 的不要漏讀。

虐、藥、略、樂、靴、喝、捐、鑽、喧、酸、迥、鞏

答案：虐—nüè　　　　虐待 nüèdài
　　　藥—yào　　　　醫藥 yīyào
　　　略—lüè　　　　侵略 qīnlüè
　　　樂—lè　　　　　樂趣 lèqù
　　　靴—xuē　　　　靴子 xuēzi
　　　喝—hē　　　　　喝茶 hēchá
　　　捐—juān　　　　募捐 mùjuān
　　　簪—zān　　　　玉簪 yùzān
　　　喧—xuān　　　　喧嘩 xuānhuá
　　　散—sǎn　　　　散文 sǎnwén
　　　迥—jiǒng　　　　迥然 jiǒngrán
　　　鞏—gǒng　　　　鞏固 gǒnggù

(2) 普通話前鼻音韻母：an、en、in、ian

　　粵語保存鼻輔音韻尾 m，在普通話裏 m 韻尾已消失，粵語［im］
［am］［am］韻母，全部轉化爲前鼻音韻母，分散在普通話的 an、en、
in、ian 的韻母中。讀準下列單字並組詞，注意不要把韻尾 n 讀成 m。

　　尖、淹、餤、襌、閃、攙、慚、監、巖、欽、禁、憾、砍、
　　甘、針、甚

答案：尖—jiān　　　　尖銳 jiānruì
　　　淹—yān　　　　淹沒 yānmò
　　　餤—yàn　　　　餤火 yànhuǒ
　　　襌—chán　　　　襌宗 chānzōng
　　　閃—shǎn　　　　閃念 shǎnniàn
　　　攙—chān　　　　攙扶 chānfú
　　　慚—cán　　　　慚愧 cánkuì
　　　監—jiān　　　　監督 jiāndū
　　　巖—yán　　　　巖石 yánshí
　　　欽—qīn　　　　欽佩 qīnpèi
　　　禁—jìn　　　　禁止 jìnzhǐ
　　　憾—hàn　　　　遺憾 yíhàn
　　　砍—kǎn　　　　砍伐 kǎnfá
　　　甘—gān　　　　甘苦 gānkǔ
　　　針—zhēn　　　　針灸 zhēnjiǔ
　　　甚—shèn　　　　甚至 shènzhì

157

4．普通話聲調測試

　　普通話有陰平、陽平、上聲、去聲四個聲調；粵語有九個聲調，分別爲陰平、陽平、陰上、陽上、陰去、陽去、陰入、中入、陽入。普通話與粵語平聲、上聲、去聲幾個聲調大體上是對應的，即粵語讀陰平、陽平的字，普通話也讀陰平、陽平，粵語讀陰上、陽上的字在普通話中大部分讀上聲（只有少部分陽上的字，普通話讀去聲），粵語讀陰去、陽去的字，在普通話中一般讀去聲。那麼學習普通話聲調要注意些什麼呢？主要有以下幾點①普通話與粵語有些聲調的調類名稱相同，但調值不一定相同。例如普通話陽平調，調值是"35"（如時 shí），粵語的陽平調，調值是"11"（如時［ʃi¹¹］，我們要記住普通話各個聲調的調值，不要套粵語的讀音。②粵語聲調與普通話不對應的字，要個別記憶。如"擠"粵語讀陰平調，普通話讀上聲調"jǐ"，我們不能按對應規律讀"jī"。③粵語的入聲字，分散在普通話的四個聲調中，而且對應規律不強，學習時也要特別注意。

(1) 下列是從《普通話水平測試大綱》中抽出的部分常用詞，它們的普通話調類與粵語調類基本對應，請給它們註音，並注意普通話的調值。(答案在括號內)

熬煎（áojiān）	卑鄙（bēibǐ）
賭博（dǔbó）	搗亂（dǎoluàn）
哆嗦（duōsuo）	番茄（fānqié）
範疇（fànchóu）	沸騰（fèiténg）
鳳凰（fènghuáng）	宮殿（gōngdiàn）
拐彎（guǎiwān）	軌道（guǐdào）
閨女（guīnǚ）	核心（héxīn）
和藹（hé'ǎi）	呼嘯（hūxiào）
幻想（huànxiǎng）	籍貫（jíguàn）
駕駛（jiàshǐ）	殲滅（jiānmiè）
澆灌（jiāoguàn）	勘探（kāntàn）
牢騷（láosāo）	窟窿（kūlong）

158

荔枝（lìzhī） 辣椒（làjiāo）

廉潔（liánjié） 潦草（liáocǎo）

屢次（lǚcì） 律師（lùshī）

疲憊（píbèi） 徘徊（páihuái）

豈不（qǐbù） 岐視（qíshì）

鉗子（qiánzi） 驅逐（qūzhú）

融洽（róngqià） 衰弱（shuāiruò）

飼料（sìliào） 隧道（suìdào）

癱瘓（tānhuàn） 淘氣（táoqì）

臥室（wòshì） 狹隘（xiá'ài）

羞恥（xiūchǐ） 酗酒（xùjiǔ）

循環（xúnhuán） 厭惡（yànwù）

毅力（yìlì） 議案（yì'àn）

鑄造（zhùzào） 駐軍（zhùjūn）

哀愁（āichóu） 挨近（āijìn）

礙事（àishì） 按捺（ànnà）

黯然（ànrán） 暗礁（ànjiāo）

岸然（ànrán） 盎然（àngrán）

翱翔（áoxiáng） 懊惱（àonǎo）

拗口（àokǒu） 芭蕉（bājiāo）

霸王（bàwáng） 罷免（bàmiǎn）

白翳（báiyì） 般配（bānpèi）

綁票（bǎngpiào） 包庇（bāobì）

碑文（bēiwén） 奔瀉（bēnxiè）

秕糠（bǐkāng） 便宴（biànyàn）

標榜（biāobǎng） 殯葬（bìnzàng）

冰窖（bīngjiào） 冰鎮（bīngzhèn）

稟性（bǐngxìng） 操守（cāoshǒu）

惻隱（cèyǐn） 沉渣（chénzhā）

沉醉（chénzuì） 嗤笑（chīxiào）

寵信（chǒngxìn）　　　　抽籤（chōuqiān）

籌措（chóucuò）　　　　惆悵（chóuchàng）

處女（chǔnǚ）　　　　　船舷（chuánxián）

喘氣（chuǎnqì）　　　　闖禍（chuǎnghuò）

賜教（cìjiào）　　　　　篡改（cuàngǎi）

村鎮（cūnzhèn）　　　　呆滯（dāizhì）

氮肥（dànféi）　　　　　膽固醇（dǎngùchún）

蕩漾（dàngyàng）　　　　搗毀（dǎohuǐ）

得逞（déchěng）　　　　抵擋（dǐdǎng）

顛沛（diānpèi）　　　　奠基（diànjī）

玷污（diànwū）　　　　鼎盛（dǐngshèng）

洞房（dòngfáng）　　　　賭氣（dǔqì）

妒忌（dùjì）　　　　　對峙（duìzhì）

婀娜（ēnuó）　　　　　訛詐（ézhà）

凋謝（diāoxiè）　　　　跌宕（diédàng）

乏味（fáwèi）　　　　　繁衍（fányǎn）

販運（fànyùn）　　　　房簷（fángyán）

放肆（fàngsì）　　　　　放縱（fàngzòng）

逢迎（féngyíng）　　　　富饒（fùráo）

賦稅（fùshuì）　　　　　腹稿（fùgǎo）

婦幼（fùyòu）　　　　　概論（gàilùn）

肝癌（gān'ái）　　　　　剛毅（gāngyì）

高亢（gāokàng）　　　　高利貸（gāolìdài）

羹匙（gēngchí）　　　　耕耘（gēngyún）

梗阻（gěngzǔ）　　　　功勳（gōngxūn）

公寓（gōngyù）　　　　公積金（gōngjījīn）

勾搭（gōuda）　　　　　公務員（gōngwùyuán）

沽名（gūmíng）　　　　蠱惑（gǔhuò）

官邸（guāndǐ）　　　　海豚（hǎitún）

恒心（héngxīn）　　　　橫豎（héngshù）

宏觀（hóngguān）　　　　後裔（hòuyì）

花蕊（huāruǐ）　　　　　豢養（huànyǎng）

荒淫（huāngyín）　　　　幻燈機（huàndēngjī）

回溯（huísù）　　　　　　晦氣（huìqì）

葷菜（hūncài）　　　　　靈魂（línghún）

畸形（jīxíng）　　　　　脊髓（jǐsuǐ）

濟濟（jǐjǐ）　　　　　　　佳人（jiārén）

餞行（jiànxíng）　　　　艦艇（jiàntǐng）

狡詐（jiǎozhà）　　　　解聘（jiěpìn）

巾幗（jīnguó）　　　　矜持（jīnchí）

禁錮（jìngù）　　　　　敬慕（jìngmù）

痙攣（jìngluán）　　　糾纏（jiūchán）

韭菜（jiǔcài）　　　　臼齒（jiùchǐ）

軍銜（jūnxián）　　　俊俏（jùnqiào）

楷模（kǎimó）　　　　犒勞（kàoláo）

鏗鏘（kēngqiāng）　　寬恕（kuānshù）

窺探（kuītàn）　　　　頭盔（tóukuī）

饋贈（kuìzèng）　　　纜車（lǎnchē）

濫用（lànyòng）　　　淩駕（língjià）

鹿茸（lùróng）　　　冒昧（màomèi）

彌留（míliú）　　　　碾子（niànzi）

凝聚（níngjù）　　　攀談（pāntán）

蹣跚（pánshān）　　噴嚏（pēntì）

紕漏（pīlòu）　　　　毗鄰（pílín）

脾性（píxìng）　　　漂泊（piāobó）

曝光（bàoguāng）　　崎嶇（qíqū）

氣餒（qìněi）　　　　遷徙（qiānxǐ）

虔誠（qiánchéng）　　怯懦（qiènuò）

輕盈（qīngyíng）　　戎馬（róngmǎ）

蹂躪（róulìn）　　　儒雅（rúyǎ）

筛选（shāixuǎn）　　　　腮帮子（sāibāngzi）

删改（shāngǎi）　　　　赡养（shànyǎng）

奢侈（shēchǐ）　　　　　深渊（shēnyuān）

身躯（shēnqū）　　　　　诗韵（shīyùn）

失宠（shīchǒng）　　　　侍从（shìcóng）

嗜好（shìhào）　　　　　狩猎（shòuliè）

枢纽（shūniǔ）　　　　　书斋（shūzhāi）

赎罪（shúzuì）　　　　　耍弄（shuǎnòng）

肆虐（sìnüè）　　　　　塑像（sùxiàng）

陶冶（táoyě）　　　　　特赦（tèshè）

屉子（tìzi）　　　　　　跳蚤（tiàozǎo）

通牒（tōngdié）　　　　通宵（tōngxiāo）

推崇（tuīchóng）　　　　蜕化（tuìhuà）

蜿蜒（wānyán）　　　　挽留（wǎnliú）

威慑（wēishè）　　　　偎依（wēiyī）

巍然（wēirán）　　　　围歼（wéijiān）

慰劳（wèiláo）　　　　文牍（wéndú）

紊乱（wěnluàn）　　　　斡旋（wòxuán）

诬告（wūgào）　　　　　无暇（wúxiá）

溪流（xīliú）　　　　　牺牲（xīshēng）

犀牛（xīniú）　　　　　掀动（xiāndòng）

宪法（xiànfǎ）　　　　嗅觉（xiùjué）

鬚眉（xūméi）　　　　恤金（xùjīn）

殉职（xùnzhí）　　　　逊色（xùnsè）

演绎（yǎnyì）　　　　赝品（yànpǐn）

引擎（yǐnqíng）　　　　预兆（yùzhào）

斟酌（zhēnzhuó）　　　甄别（zhēnbié）

狰狞（zhēngníng）　　　拯救（zhěngjiù）

诤言（zhèngyán）　　　咫尺（zhǐchǐ）

瞩目（zhǔmù）　　　　撰写（zhuànxiě）

自縊（zìyì）　　　　　詛咒（zǔzhòu）
罪孽（zuìniè）

(2) 下列詞語中加點的字普通話和粵語聲調不相對應。請分別註音並記住它們的調類。

①下面加點的字，粵語讀陰平調，普通話不讀陰平。（答案在括號內）

僥幸（jiǎoxìng）　　　供養（gòngyǎng）
揣摩（chuǎimó）　　　璀璨（cuǐcàn）
當年（dàngnián）　　　發酵（fājiào）
藥劑（yàojì）　　　　　胯部（kuàbù）
空子（kòngzi）　　　　蔭涼（yìnliáng）
跛子（bǒzi）　　　　　鮑魚（bàoyú）
卡具（qiǎjù）　　　　　跨過（kuàguò）
擁擠（yōngjǐ）　　　　嘲諷（cháofěng）
芒果（mángguǒ）　　　魔鬼（móguǐ）
蚊子（wénzi）　　　　蒼蠅（cāngyíng）
啤酒（píjiǔ）　　　　娃娃（wáwa）
檸檬（níngméng）　　　阿姨（āyí）
鐘錶（zhōngbiǎo）　　派頭（pàitou）
水泵（shuǐbèng）　　　辮子（biànzi）

②下列加點的字，粵語讀陽平調，普通話不讀陽平。（答案在括號內）

昏庸（hūnyōng）　　　過期（guòqī）
堤壩（dībà）　　　　　花蕾（huālěi）
風靡（fēngmǐ）　　　　刨牀（bàochuáng）
剽竊（piāoqiè）　　　舵手（duòshǒu）
危害（wēihài）　　　　帆船（fānchuán）
巫婆（wūpó）　　　　松樹（sōngshù）

微小（wēixiǎo）　　悠閒（yōuxián）

友誼（yǒuyì）　　　編導（biāndǎo）

③下列加點的字，粵語讀上聲調（包括陰上和陽上），普通話不讀上聲。（答案在括號內）

轎車（jiàochē）　　　客棧（kèzhàn）

刊物（kānwù）　　　傭金（yòngjīn）

紀律（jìlǜ）　　　　檔案（dàng'àn）

戀愛（liàn'ài）　　　測繪（cèhuì）

估計（gūjì）　　　　稍爲（shāowéi）

橙子（chéngzi）　　　湯丸（tāngwán）

玩具（wánjù）　　　反映（fǎnyìng）

境地（jìngdì）　　　賄賂（huìlù）

圖畫（túhuà）　　　大院（dàyuàn）

縣長（xiànzhǎng）　　肉餡（ròuxiàn）

怠工（dàigōng）　　　您（nín）

④下列加點的字，粵語讀去聲調（包括陰去、陽去），普通話不讀去聲。（答案在括號內）

粗糙（cūcāo）　　　針灸（zhēnjiǔ）

鋼鐵（gāngtiě）　　　記載（jìzǎi）

傣族（dǎizú）　　　廣播（guǎngbō）

噴泉（pēnquán）　　不遂（bùsuí）

操行（cāoxíng）　　研究（yánjiū）

吐痰（tǔtán）　　　叫喊（jiàohǎn）

反悔（fǎnhuǐ）　　　連載（liánzǎi）

悶熱（mēnrè）　　　煽動（shāndòng）

磕頭（kētóu）　　　僞裝（wěizhuāng）

黃埔（huángpǔ）　　後悔（hòuhuǐ）

諷刺（fěngcì）　　　鼻子（bízi）

164

勤儉（qínjiǎn）　　島嶼（dǎoyǔ）
哺乳（bǔrǔ）

⑤下列加點的字，粵語讀入聲調，普通話沒有入聲，粵語入聲字分散在普通話陰、陽、上、去四個聲調中，其中上聲字最少。給下列詞語註音，注意粵語入聲字在普通話中的讀音。（答案在括號內）

悉心（xīxīn）	檄文（xíwén）
歇工（xiēgōng）	蠍子（xiēzi）
羞澀（xiūsè）	窒息（zhìxī）
要挾（yāoxié）	烙印（làoyìn）
看押（kānyā）	咯血（kǎxiě）
崛起（juéqǐ）	窘迫（jiǒngpò）
抽噎（chōuyē）	出榜（chūbǎng）
穿鑿（chuānzáo）	縫隙（fèngxì）
服帖（fútiē）	對質（duìzhì）
篤信（dǔxìn）	發掘（fājué）
嫁接（jiàjiē）	棘手（jíshǒu）
豁達（huòdá）	恍惚（huǎnghū）
撮合（cuōhé）	得失（déshī）
囫圇（húlún）	藏匿（cángnì）
側記（cèjì）	被褥（bèirù）
報幕（bàomù）	襲擊（xíjī）
壁廚（bìchú）	跋扈（báhù）
冰雹（bīngbáo）	不屑（bùxiè）
博學（bóxué）	握手（wòshǒu）
總督（zǒngdū）	渾噩（hún'è）
釋放（shìfàng）	幽默（yōumò）
巢穴（cháoxué）	北方（běifāng）
鐵索（tiěsuǒ）	鴿子（gēzi）
鹿茸（lùróng）	山麓（shānlù）
膽怯（dǎnqiè）	

三、詞彙測試

　　粵語中很多詞是跟普通話一致的，例如一些基本詞：人、狗、山、水、買、賣、飯、菜等等。但也有不少粵語特有的方言詞，目前學者們收集到的，就有一萬多個，常用的大約有三、四千。有人估計粵語日常使用的詞有三分之一是方言詞，這些方言詞一般不宜用在普通話裏，說普通話的時候要把這些方言詞換成普通話的詞。

1. 粵語有些單音節詞在普通話裏是雙音節的。試把下列粵語單音節詞譯成普通話。(右邊是答案)

衫—衣服 yīfu	蕉—香蕉 xiāngjiāo
鞋—鞋子 xiézi	鈪—鐲子 zhuózi
帽—帽子 màozi	樽—瓶子 píngzi
襪—襪子 wàzi	掣—開關 kāiguān
鴨—鴨子 yāzi	褲—褲子 kùzi
翼—翅膀 chìbǎng	辮—辮子 biànzi
髀—大腿 dàtuǐ	紐—紐釦 niǔkòu
頸—脖子 bózi	塵—灰塵 huīchén
味—味道 wèidao	答—回答 huídá
相—相片 xiàngpian	睬—理睬 lǐcǎi
眼—眼睛 yǎnjīng	咳—咳嗽 késòu
禾—稻子 dàozi	枱—桌子 zhuōzi
褸—大衣 dàyī	絨—呢絨 níróng
窿—窟窿 kūlong	嘜—商標 shāngbiāo
揀—挑揀 tiāojiǎn	慳—節省 jiéshěng
斟—商量 shāngliáng	估—估計 gūjì
識—認識 rènshi	知—知道 zhīdào
明—明白 míngbai	憎—憎惡 zēngwù
奀—瘦小 shòuxiǎo	孱—病弱 bìngruò
蟻—螞蟻 mǎyǐ	蟹—螃蟹 pángxiè

166

2. 粤語有些複合詞構成的語素跟普通話相同，但排列次序不同。試在下列各組詞中，指出哪一種排列普通話較常用。

①a. 緊要　　b. 要緊　　②a. 客人　　b. 人客
③a. 銜頭　　b. 頭銜　　④a. 評講　　b. 講評
⑤a. 積累　　b. 累積　　⑥a. 菜蔬　　b. 蔬菜
⑦a. 盒飯　　b. 飯盒　　⑧a. 救援　　b. 援救
⑨a. 臭狐　　b. 狐臭　　⑩a. 底下　　b. 下底
⑪a. 已經　　b. 經已　　⑫a. 夜宵　　b. 宵夜
⑬a. 擁擠　　b. 擠擁　　⑭a. 怪責　　b. 責怪
⑮a. 心多　　b. 多心　　⑯a. 取錄　　b. 錄取
⑰a. 爽直　　b. 直爽　　⑱a. 整齊　　b. 齊整
⑲a. 兵士　　b. 士兵　　⑳a. 喜歡　　b. 歡喜
㉑a. 壯健　　b. 健壯　　㉒a. 脊背　　b. 背脊
㉓a. 鞦韆　　b. 韆鞦　　㉔a. 吞併　　b. 併吞
㉕a. 替代　　b. 代替　　㉖a. 蠻橫　　b. 橫蠻
㉗a. 布碎　　b. 碎布　　㉘a. 菜乾　　b. 乾菜
㉙a. 魚乾　　b. 乾魚　　㉚a. 行人路　　b. 人行路

答案：①b　②a　③b　④b　⑤a⑥b　⑦a　⑧a

　　　　⑨b　⑩a　⑪a　⑫a　⑬a　⑭b　⑮a　⑯b

　　　　⑰b　⑱a　⑲b　⑳a　㉑a　㉒a　㉓a　㉔a

　　　　㉕b　㉖a　㉗b　㉘b　㉙b　㉚b

3. 粤語方言詞，有少部分已被普通話吸收，如：打工、巴士、炒魷魚、熱狗、貨櫃等等。但大部分粤語方言詞，都不宜直接用在普通話中。請把下列粤語方言詞譯成普通話說法。（左邊是方言詞，右邊是答案）

(1) 名詞

　　老竇　　　父親 fùqin　　　爸爸 bàba
　　老母　　　母親 mǔqin　　　媽媽 māma
　　老襟　　　連襟 liánjīn

167

老朋	好朋友 hǎopéngyou，老朋友 lǎopéngyou
老細	老闆 lǎobǎn
三隻手	小偷 xiǎotōu
日頭	太陽 tàiyáng
月光	月亮 yuèliang
風栗	栗子 lìzi
合桃	核桃 hétao
番瓜	南瓜 nánguā
生果	水果 shuǐguǒ
花冧	花蕾 huālěi
雀仔	小鳥 xiǎoniǎo
蝠鼠	蝙蝠 biānfú
水魚	甲魚 jiǎyú
百足	蜈蚣 wúgōng
蠶蟲	蠶 cán
蚊	小咬 xiǎoyǎo
木虱	臭蟲 chòuchóng
鯇魚	草魚 cǎoyú
大魚	鱅魚 yōngyú
面珠	臉蛋 liǎndànr
手甲	指甲 zhǐjia（口語中多讀 zhījia）
弔鐘	小舌 xiǎoshé
牙肉	牙齦 yáyín
脚眼	脚踝 jiǎohuái
脚面	脚背 jiǎobèi
喉嚨	嗓子 sǎngzi
倒及齒	地包天 dìbāotiān
鬥雞眼	對眼兒 duìyǎnr
屋	房子 fángzi，樓房 lóufáng
石級	台階 táijiē

基圍	堤壩 dībà
田基	田埂 tiángěng
銀包	錢包 qiánbāo
燈膽	電燈泡 diàndēngpào
縮骨遮	摺疊傘 zhédiésǎn
鎖匙	鑰匙 yàosi
燙斗	熨斗 yùndǒu
衣車	縫紉機 féngrènjī
公仔	洋娃娃 yángwáwa
底衫	內衣 nèiyī
面衫	外衣 wàiyī
飛機恤	夾克 jiākè
水鞋	雨鞋 yǔxié，雨靴 yǔxuē
冷飯	剩飯 shèngfàn
飯焦	鍋巴 guōbā
水準	水平 shuǐpíng
金針	黃花菜 huánghuācài
爆穀	玉米花兒 yùmǐhuār
嘢	東西 dōngxi，事情 shìqing
彩數	運氣 yùnqì
意頭	兆頭 zhàotou
諗頭	想法 xiǎngfǎ
面口	①模樣 múyàng　②臉色 liǎnsè
記認	記號 jìhao
古仔	故事 gùshì
入息	（經濟）收入 shōurù
外家	①娘家 niángjia　②岳家 yuèjia
(2) 動詞	
起身	起床 qǐchuáng
瞓覺	睡覺 shuìjiào

發夢	做夢	zuòmèng
曬命	誇耀	kuāyào
嘆（世界）	享受	xiǎngshòu
沖涼	洗澡	xǐzǎo
飛髮	理髮	lǐfà
拜山	掃墓	sǎomù
打的	乘出租車	chéngchūzūchē
行街	逛街	guàngjiē
去街	上街	shàngjiē
收線	掛斷電話	guàduàndiànhuà
喧人	搶白	qiǎngbái
嗌交	吵架	chǎojià
打交	打架	dǎjià
拗頸	抬槓	táigàng
唱衰	說壞話	shuōhuàihuà
整蠱	捉弄	zhuōnòng
待薄	虧待	kuīdài
放聲氣	放風聲	fàngfēngshēng
穿煲	揭穿	jiēchuān 或 被揭穿 bèijiēchuān
度蹺	想辦法	xiǎngbànfǎ
應承	答應	dāying
賣口乖	說奉承話	shuōfèngchénghuà
賣大包	大送人情	dàsòngrénqíng
對唔住	對不起	duìbuqǐ
有數爲	合算	hésuàn
落定	付定金	fùdìngjīn
做騷	表演	biǎoyǎn
坐監	坐牢	zuòláo
鍾意	喜歡	xǐhuān
睇化	看破紅塵	kànpòhóngchén

除衫	脱衣服 tuōyīfu
睇病	看病 kànbìng
探熱	量體温 liángtǐwēn
鈒骨	鎖邊（用於衣物布料）suǒbiān
洗米	淘米 táomǐ
沖茶	泡茶 pàochá
炒更	挣外快 zhèngwàikuài
一脚踢	包乾 bāogānr，包攬 bāolǎn
匿埋	躲藏 duǒcáng
偷鷄	開小差 kāixiǎochāi，溜走 liūzǒu
游水	游泳 yóuyǒng
没水	潜水 qiánshuǐ
捉棋	下棋 xiàqí
請飲	宴請 yànqǐng
車大炮	吹牛 chuīníu，撒謊 sāhuǎng
揾笨	騙 piàn
擦鞋	拍馬屁 pāimǎpì
界面	給面子 gěimiànzi
認叻	吹自己 chuīzìjǐ
傾偈	聊天 liáotiān
行雷	打雷 dǎléi
回南	回暖 huínuǎn
（水）滾	沸 fèi
發毛	發霉 fāméi
蹦	打滑 dǎhuá，滑倒 huádǎo
爲食	饞 chán
頸渴	渴 kě
嘍口	口吃 kǒuchī
領嘢	上當 shàngdàng
抵	划得來 huàdelái

(3) 形容詞

細個	小個 xiǎogèr
袖珍	小巧 xiǎoqiǎo
靚	美 měi，漂亮 piàoliang
麻麻哋	一般 yībān
懵閉閉	胡塗 hútu
木獨	呆滯 dāizhì
花啡	輕佻 qīngtiāo
快脆	快 kuài
趣致	有趣 yǒuqù，可愛 kě'ài
火滾	冒火 màohuǒ，發怒 fānù
慌失失	驚慌 jīnghuāng
大晒	浪費 làngfèi
淡定	鎮定 zhèndìng
豆泥	差 chà，水平低 shuǐpíngdī
濕星	零碎 língsuì
嬲爆爆	生氣的樣子 shēngqìdeyàngzi
扭擰	扭扭捏捏 niǔniǔnienie
扭計	刁難 diāonán
嫋瘦	苗條 miáotiao
撈交	凌亂 língluàn，沒條理 méitiáolǐ
納雜	多而雜 duō'érzá
甩鬚	沒面子 méimiànzi
獠孿	（心情）不寧静 bùníngjìng
孿弓	彎曲 wānqū
落力	賣力 màilì
高寶	高傲 gāo'ào
架勢	威風 wēifēng
孤寒	吝嗇 lìnsè
鬼馬	①多詭計 duōguǐjì　②機靈 jīling

172

均真　　　公平認真 gōngpíngrènzhēn

骨子　　　精緻 jīngzhì

粗譜　　　粗糙 cūcāo

恨　　　　①憎恨 zēnghèn　②很想 hěnxiǎng

詐諦　　　假裝（的樣子）jiǎzhuāng

擇使　　　棘手 jíshǒu

執輸　　　吃虧 chīkuī

姿整　　　好打扮 hàodǎban

賤格　　　①下賤 xiàjiàn

　　　　　②不會享受 bùhuìxiǎngshòu

折墮　　　①落魄 luòbó　②缺德 quēdé

巢搲搲　　很皺 hěnzhòu

長氣　　　囉嗦 luōsuō

沙塵　　　輕浮 qīngfú

斯縮　　　躲閃 duǒshǎn

陰功　　　可憐 kělián

陰濕　　　陰險 yīnxiǎn

憸尖　　　愛挑剔 àitiāotī

肉酸　　　難看 nánkàn

烏龍　　　胡塗 hútu

威水　　　威風 wēifēng，氣派 qìpài

牙刷刷　　驕傲自大 jiāo'àozìdà

眼緊　　　妒忌 dùjì

戇居　　　傻、笨 shǎ、bèn

惡死　　　兇惡 xiōng'è

亂龍　　　亂套 luàntào

勻洵　　　均勻 jūnyún

清景　　　清雅 qīngyǎ

痹　　　　麻木 mámù

丟架　　　丟臉 diūliǎn

得意	①有趣 yǒuqù　②奇怪的 qíguàide
冇解	難以理解 nányǐlǐjiě
無厘頭	沒頭沒腦 méitóuméinǎo，攪笑 jiǎoxiào
唞氣	①吸氣 xīqì　②吃力 chīlì
抵死	該死 gāisǐ
牛精	蠻橫 mánhèng，不講理 bùjiǎnglǐ
淡定	鎮定 zhèndìng，穩重 wěnzhòng
失魂	①精神恍惚 jīngshénhuǎnghū
	②（辦事）丢三拉四 diūsānlāsì
生性	懂事 dǒngshì
老積	老成 lǎochéng
作狀	造作 zàozuò
求其	隨便 suíbiàn
他條	悠閒 yōuxián
滋悠	從容 cóngróng 慢條斯理 màntiáosilǐ
（好）僑	洋氣 yángqì
（好）蛇	懶 lǎn

(4) 虛詞

正話（去）	剛才 gāngcái，正在 zhèngzài
啱啱（走）	剛剛 gānggāng
即刻	馬上 mǎshàng
就嚟	快要 kuàiyào
卒之	終於 zhōngyú
連隨	隨即 suíjí
跟手	緊接着 jǐnjiēzhe
不溜	一向 yīxiàng
周時	經常 jīngcháng
間中	有時 yǒushí
淨係	只是 zhǐshì
咸唪唥	全部 quánbù，統統 tǒngtǒng

174

幾咁（好）	多麼 duōme
（差）小小	一點 yīdiǎn
直程	直接 zhíjiē，簡直 jiǎnzhí
	肯定 kěndìng
特登	特地 tèdì
約莫	大約 dàyuē
實係	一定是 yīdìng shì
梗係	準是 zhǔnshì
即管	儘管 jǐnguǎn
千祈	千萬 qiānwàn
唔通	難道 nándào
（走）曬	（走）光 guāng 全部 quánbù
（好）咁滯	差不多 chàbuduō 將近 jiāngjìn
喺（屋企）	在 zài
戙（你開心）	替 tì 或爲 wèi
連埋	連 lián
同埋	同 tóng
定係，抑或	還是 háishì
噉、噉樣	那、那麼 nà、nàme
唔淨只，唔單只	不僅 bùjǐn，不但 bùdàn
若果	如果 rúguǒ
事關	因爲 yīnwèi
爲咗	爲了 wèile
免至	以免 yǐmiǎn

4. 粵語和普通話，有些詞詞義不是完全對應的，運用多義詞的時候尤其要注意。試指出下列各組粵語句子中加點的多義詞在語境中的普通話詞義。（答案在括號內）

（1）燶

　①邊個煲燶飯，咁大䑃燶味。

175

（燒焦、燒焦的氣味 shāojiāo）

②佢舊時窮到燶。（極 jí）

(2) 論盡
　　①佢做事好論盡嘅。（胡塗 hútu）
　　②佢行路好論盡嘅。（手脚不靈便 shǒujiǎobùlíngbiàn）
　　③唔見咗個身份證，真係論盡嘞。　　（麻煩 máfán 或糟糕 zāogāo）

(3) 心涼
　　①捉咗個衰人，大家都心涼。（高興 gāoxìng）
　　②教極佢都唔改，我真係心涼咯。（灰心 huīxīn）

(4) 心機
　　①做功課要畀心機至得嘅。（用心 yòngxīn）
　　②成績唔好，冇心機玩。（心情 xīnqíng）

(5) 得意
　　①呢個公仔好得意。（有趣 yǒuqù）
　　②佢今日啲神情好得意，可能屋企有事嘞。

（奇怪 qíguài 或特別 tèbié）

(6) 通氣
　　①佢做人好通氣嘅。（知趣 zhīqù）
　　②一齊共事，大家要通氣至得㗎。　　（通情達理 tōngqíngdálǐ）
　　③以後有事，大家要多啲通氣。　　（互通情況 hùtōngqíngkuàng）

(7) 跌
　　①今日去街跌咗個銀包。（丟失 diūshī）
　　②二樓跌咗個花盆落嚟。（掉下 diàoxia）
　　③行路唔睇路，跌親隻脚。（摔倒 shuāidǎo）

(8) 直程
　　①你可以直程話畀佢知，呢件事佢要負責到底。（直接 zhíjiē）
　　②佢噉樣講法，直程係打橫嚟啦。（簡直 jiǎnzhí）
　　③唔使審嘞，呢件事直程就係佢做嘅。（肯定 kěndìng）

176

四、語法測試

1. 句法測試

　　普通話和粵語句法方面有一些差異，請在下列各組句子中，選用普通話的正確説法。

(1) 雙賓句

　　①給我一支筆。

　　②給支筆我。

　　③給一支筆我。

　　④把支筆給我。

　　⑤把那支筆給我。　　　　　(答案①、⑤)

(2) 狀、動、補次序

　　①我有事，你走先吧。

　　②我有事，你先走吧。

　　③我有事，你走去先吧。

　　④我有事，你先走先吧。　　　　(答案②)

　　①今天吃得太飽了。

　　②今天吃得飽過頭了。

　　③今天吃飽晒了。

　　④今天吃得飽得滯了。

　　⑤今天吃得很飽。　　　　(答案①、⑤)

　　①家裏沒幾多錢了。

　　②家裏沒多少錢了。

　　③家裏沒錢多少了。　　　　(答案②)

　　①買多一雙鞋備用。

　　②多買一雙鞋備用。　　　　(答案②)

　　①請你喝多一杯。

　　②請你多喝一杯。

　　③請你喝一杯添。　　　　(答案②)

(3) 賓補次序

①我看過幾次他了。

②我看過他幾次了。

③暑假回去老家看看。

④暑假回老家去看看。　　　（答案②、④）

①這幾天都找不到你。

②這幾天都找你不到。

③這幾天找都找不到你。

④這幾天老找不到你。　　　（答案①、④）

①罵他不怕。

②罵他，他不怕。

③罵不怕他。　　　（答案②）

(4) 比較句

①他比我力氣大。

②他力氣大過我。

③他大過我力氣。

④他大力過我。　　　（答案①）

①小王跑得比小張快。

②小王跑得快過小張。

③小王跑快小張。　　　（答案①）

(5) 否定句

①爛水果吃不得。

②爛水果不吃得。

③這點飯吃不飽。

④這點飯不吃得飽。　　　（答案①、③）

(6) 超過句

①我跑得過他。

②我跑他得過。

③我跑得他過。　　　（答案①）

(7) 肯定句

①我有交電費。

②我交了電費。

③我有去開會。

④我去了開會。

⑤昨天演出，我去了。

⑥昨天我有去演出。　　　　（答案②、④、⑤）

　(8)　疑問句

①你喝茶嗎？

②你有喝茶沒有？

③你喝不喝茶？

④你喝茶不？　　　（答案①、③）

①你有沒有喝豆奶？

②豆奶你喝了沒有？

③你喝豆奶不喝？　　　　（答案②）

①這些荔枝你吃不吃得完？

②這些荔枝你吃得完吃不完？

③這些荔枝你吃不吃完？　　　（答案②、③）

　(9)　能願句

①這條船能坐十個人。

②這條船坐得十個人。

③這條船坐得下十個人。

④這條船會坐得十個人。　　　（答案①）

(10)　指示句

①這張票是你的。

②張票是你的。　　　（答案①）

①這個錢包是誰的？

②個錢包是誰的？　　　（答案①）

①這條裙子真好看。

②條裙真好看。　　　（答案①）

2. 詞法測試

(1) 動詞有一些語法意義普通話和粵語的表達方式不一樣，試選出下列各組詞語中普通話的正確説法。

　　①請你們出去一下。
　　②請你們出出去。　　　　　（答案①）
　　①請大家讓讓。
　　②請大家讓一讓。　　　　　（答案②）
　　①桌面很亂，請你收拾一下。
　　②桌面很亂，請你拾拾它。　　　　　（答案①）
　　①我做開教師，不想換別的工作。
　　②我一直當教師，不想換別的工作。　　　　　（答案②）
　　①有空我喜歡散吓步。
　　②有空我喜歡散散步。　　　　　（答案②）
　　①你説得太多，該住嘴了。
　　②你説得太多，好住嘴了。　　　　　（答案①）
　　①他聽着聽着就睡着了。
　　②他聽吓聽吓就睡着了。　　　　　（答案①）

(2) 表示形容詞的程度變化，普通話跟粵語有一些差異，下面各組詞語中，試選出普通話的正確説法。

　　①雪白雪白
　　②白雪雪
　　③雪白白　　　　　（答案①）
　　①很甜
　　②甜一甜　　　　　（答案①）
　　①乾乾净净
　　②乾乾净　　　　　（答案①）
　　①他辦事很認真。
　　②他辦事認認真。
　　③他辦事認認真真。　　　　　（答案①、③）
　　①她的皮膚白一白。

②她的皮膚很白。

③她的皮膚白白。　　　（答案②）

①很整齊

②整整齊齊

③齊齊整整　　　（答案①、②）

(3) 名詞跟量詞的搭配，普通話跟粵語有差異，請選出下列各組詞語中普通話的習慣搭配。

①一對手套

②一副手套　　　（答案②）

①一根竹竿

②一條竹竿

③一支竹竿　　　（答案①）

①一隻豬

②一頭豬

③一口豬　　　（答案②、③）

①一扇窗户

②一隻窗户

③一個窗户　　　（答案①）

①一盒錄音帶

②一餅錄音帶

③一盤錄音帶　　　（答案①、③）

①一眼井

②一個井

③一口井　　　（答案③）

①一粒水果糖

②一塊水果糖

③一顆水果糖　　　（答案②）

①一輛汽車

②一部汽車

③一架汽車　　　（答案①、②）

(4) 數量的表達，普通話與粵語也略有差異，試在下列各組詞語中選出普通話的正確說法。

①比賽結果二比三。

②比賽結果兩比三。　　　　　（答案①）

①這個會大約要開二三天。

②這個會大約要開兩三天。　　　（答案②）

①我住在那座二層樓房。

②我住在那座兩層樓房。　　　　（答案②）

①我買了一個很大個的西瓜。

②我買了很大的一個西瓜。

③我買了一個很大的西瓜。

④我買了一個大西瓜。　　　　（答案②、③、④）

①一套沙發一千八百元。

②一套沙發一千八。

③一套沙發千八元。　　　　（答案①、②）

①村里有十六人參軍。

②村里有一十六人參軍。　　　（答案①）

(5) 選出下列各組句子中動態助詞（看、過）和程度副詞的普通話正確用法。

①這本書我有看過。

②這本書我有看。

③這本書我看過。　　　　　（答案③）

①聽不着他說什麼。

②聽他不着說什麼。

③聽不他着說什麼。　　　　（答案①）

①見到你，我好高興。

②見到你，我真高興。

③見到你，我很高興。　　　（答案②、③）

①你穿這件衣服真好看。

②你穿這件衣服好好看啊。　　（答案①）